A.R. TOSKIN

UNO EN QUINCE

Gracias
María Auxiliadora Fajardo
y
Eitze Cid Del Prado
por
su apoyo durante los seis años
que me llevó terminar con esta
maravillosa historia.

CAPÍTULO 1

Lando caminaba animadamente con la camisa desabotonada y el cabello húmedo en gel. Sus ojos brillaban ante el inminente encuentro con su postergado amor, sin embargo, al llegar a la esquina, una imagen inesperada lo horrorizó.

—¿Malena? —preguntó sorprendido al ver a su cita del brazo del doctor Ducard hijo.

—Hola, Lando. Luego vemos lo de la kermés, ahora Romancito me ha invitado a unas copas. Adiosito —dijo Malena sonriente, al paso y sin detenerse.

—¿La kermés? —murmuró Lando sorprendido—. Esto era una cita. ¿Qué otra cosa iba a ser?

Reía por no llorar. Luego de dos años de esperar por que a Malena le permitieran salir de su casa, llegaba unos minutos tarde y ya su amor se iba con otro. Así era Pino Alto, una ciudad donde tanto el amor como el dinero costaban mucho y eran casi imposibles de sostener.

La vida le dolía y su balance lo aniquilaba. Amor, mal. Trabajo, mal. Proyectos, peor. La ciudad no era el paraíso que le habían pintado. Escalar socialmente no era fácil, guardar las apariencias era costoso y las oportunidades no abundaban.

Se preguntaba cómo hacer para no volver derrotado a su pueblo natal cuando desde atrás alguien tiró de su botamanga. Era un tímido niño vestido de marinero que escondido tras el flaco tronco de una palmera extendía su mano ofreciéndole una tarjeta.

«Uno de cada quince obtiene lo que quiere, ¿quieres ser uno de ellos? Te espero tras la puerta de acero», decía la tarjeta en letra gótica de puño y letra.

Luego de entregarle la tarjeta, el niño vestido de marinero señaló hacia la derecha y echó a correr. ¿Quién era ese niño mensajero?, ¿quién le había enviado ese mensaje?, y ¿por qué? Lando no lo sabía. Sin embargo, esas preguntas palidecían ante la intrigante y seductora propuesta que retumbaba en su mente. Obtener lo que quería. Esa no era una oferta de todos los días.

«Una puerta de acero», murmuraba mientras recorría fachadas con la mirada. Desde el parque la reconoció, tres metros de alto por dos de ancho, acero inoxidable plateado y reluciente en la acera de enfrente. La puerta de una tienda de vidrios oscuros, sin nombre, timbre, ni portero. Allí, un muchacho en ropa deportiva golpeaba con rabia la puerta de acero aferrándose a una escoba para no caer.

—No puedes dejarme así. ¡Devuélveme mi pierna! —gritaba el muchacho con el rostro enrojecido.

Nadie le abría. Ante la falta de respuesta, más fuerte golpeaba y más se enardecía.

Una manga de su pantalón flameaba vacía. Su mandíbula temblaba de impotencia mientras sus ojos se humedecían. Desamparado, el muchacho volteó en busca de compasión en los ojos de una joven pareja, de una señora y de un oficinista, pero estos solo apresuraron el paso eludiendo su mirada.

Ignorado, frustrado y compungido, el muchacho se aflojó en llanto. Al aflojarse, la escoba en la que se sostenía resbaló y el muchacho cayó de boca contra el marco lateral de la puerta, en el golpe se partió la nariz y se despellejó las manos intentando frenar la caída. Sin embargo aterrizó boca abajo en la acera y desde allí arrojó violentamente esa escoba hacia la avenida. Sollozaba mientras secaba el sangrado de su rostro con las mangas de su camisa y abandonado se arrastraba hacia la esquina. Nueve peatones pasaron a su lado, algunos incluso lo conocían, pero nadie le ofreció ayuda.

Una rubia coqueta de vestido florido y brillante sonrisa caminaba a pasos cortos con prisa. Esa mujer pasó al lado del muchacho que se arrastraba y ciega de entusiasmo lo ignoró. Al llegar a la tienda, la rubia se arregló el cabello y la puerta de acero para ella sí se abrió.

Apoyado en un farol entre un despintado banquillo y una fuente sin agua ni monedas, Lando vigilaba esa puerta. La policía también. Los oficiales no vigilaban específicamente esa tienda sino todas las tiendas frente al parque. Ese parque era el centro de Pino Alto y se extendía por dos calles a lo largo y a lo ancho. Había un patrullero estacionado en cada esquina y aun así, a lo largo de la avenida General Fontana, sigilosos saqueadores rondaban las tiendas.

No había dinero. Por la crisis, las empresas y las tiendas cerraban o se mudaban a Guardia Norte. Sin empresas ni puestos de trabajo, en Pino Alto solo quedaban la miseria, la decadencia y los afiches tamaño pared del alcalde, y ahora candidato a gobernador, Atilio Tovacelli. Lando fijó su mirada en la imagen de Tovacelli, un famoso ex convicto de facciones rústicas, mirada ruín y frondoso cabello al que nadie recordaba haber elegido. Una imagen que lo enfurecía porque tres semanas atrás sus anuncios económicos habían frenado su bien ganado ascenso. Dos arduos años había soportado haciendo tareas que detestaba y cuando al fin su ascenso había logrado, cuando solo restaba firmar los papeles y oficializarlo, llegaron los recortes, el congelamiento y la decepción.

Su vida decaía un poco cada día. Estudiaba por su cuenta, emprendía y trabajaba, pero nunca nada mejoraba. Ya no quería seguir malgastando tiempo y esfuerzos, pero ¿qué podía hacer?

De repente, la puerta de acero se abrió. Lando enfocó su mirada y vio a la rubia del vestido florido salir de la tienda con un parche negro sobre un ojo y un mar de lágrimas en el otro. «¿Qué demonios pasa en esa tienda?» preguntó con visible alteración. No era para menos. Malena se había ido con otro, su oportunidad de progresar en el trabajo había desaparecido, su mundo se iba al garete y de esa tienda que un mejor destino prometía, contrario a lo que la tarjeta decía, los clientes entraban mejor de lo que salían. Sin embargo, debía averiguar qué había tras esa puerta. Debía averiguar por qué lo habían invitado.

Indignado y enceguecido, Lando cruzó la ancha avenida por el medio y sin mirar. Dos automovilistas maniobraron bruscamente para evitar atropellarlo y lo maldijeron efusivamente al pasar. Uno de ellos, amenazante bajó de un viejo sedán falto de pintura dispuesto a pelear. Sin detenerse, Lando lo miró con los ojos desorbitados mientras su rostro, caótico y en vena, latía como si todas sus emociones estallaran a la vez. Un rostro harto de que nunca nada salga bien. Al verlo, el conductor súbitamente volvió a su coche sin decir palabra y se marchó espantado.

Frente a la tienda, Lando intentó espiar a través de los vidrios pero no veía el interior. Luego se detuvo frente a la puerta, pero esta no se abrió. Buscó un timbre y no lo encontró; golpeó y golpeó pero nadie atendió. «¿Qué clase de tienda es esta?» preguntaba enervado cuando súbitamente la puerta se abrió y un brazo incipiente lo jaló hacia adentro. Descolocado y en alerta, miraba en todas direcciones cuando una estruendosa colisión de metales le sacudió los tímpanos. La puerta de acero se cerró a sus espaldas y Lando se encontró solo en la oscuridad. Sólo un puñado de tenues luces flotando inmóviles interrumpían la penumbra. No se oía el tránsito de la avenida, ni gente hablando al móvil, ni alarmas, ni nada. Sumergido en silencio, Lando se dirigió sigilosamente hacia un ínfimo atisbo de luz rojiza cinco metros adelante. Frente a sus ojos, ese tímido resplandor no era más que un delgado frasco de cristal de unos cinco centímetros de largo. Su brillo provenía de la invisible luz de un reflector escondido en el hueco de un tronco que alumbraba el tubo desde abajo. Esa luz invisible reaccionaba contra el cristal y lo iluminaba sin hacer mella en la penumbra.

Con sumo cuidado, Lando rodeó el frasco para observarlo detenidamente. Pasó la mano por debajo y no encontró puntos de apoyo, pero al pasarla por encima golpeó un imperceptible alambre que hizo oscilar el frasco rompiendo la estelar armonía.

Culposo, Lando se encogió y de puntillas se alejó. El frasco osciló en el aire hasta perder fuerza y cuando volvió a la quietud decidió inspeccionar otras luces. Al caminar se llevó por delante un tronco sin luz. Un shock eléctrico punzó su rodilla y recorrió su cuerpo, pero Lando se mordió los labios y contuvo el alarido en su garganta para no delatar su ubicación. Maldecía hacia adentro mientras observaba a su alrededor. No veía ni puerta ni ventanas, solo las tenues luces en plena oscuridad. Pisó fuerte dos veces para comprobar el estado de su rodilla y a tientas se dirigió a la celeste luz del frasco a su derecha. Tomó ese frasco, lo sacudió frente a sus ojos y meticulosamente lo estudió. Lo destapó, lo olió, no le gustó el olor, lo volvió a tapar y al hacerlo notó la etiqueta. Pequeñas letras blancas que a contraluz se leían con notable claridad. Esa etiqueta decía: «Veinte años más joven. Precio 1. Todas tus posesiones. Precio 2. Veinte años de tu vida». A sus veinticinco años, a Lando poco le interesó volverse un crío, así que, tanteando con los pies para no volver a tropezar, caminó siete cautelosos pasos hacia un frasco con luz naranja. Esta vez fue directo hacia la etiqueta. «Destreza perfecta. Precio 1. Un kilo de oro. Precio 2. Las manos».

Intrigado, Lando recorrió los frascos y leyó sus etiquetas. «Persuasión total. Precio 1. Diez favores. Precio 2. La lengua», anunciaba una de ellas. «Cura de todos los males. Precio 1. Servidumbre. Precio 2. El corazón», decía otra. No podía parar de leer etiquetas e imaginarse de qué iba la cosa, hasta que llegó a un frasco cuya etiqueta enunciaba «Inteligencia y sabiduría. Precio 1. La mitad de tus ganancias. Precio 2. Atracción de la violencia». Ese frasquito verde lo cautivó y embelesado Lando se imaginó sabio e inteligente. En comparativa, Roman no era más atractivo, ni más alto, ni más fuerte que él, y su nariz de cacatúa tampoco le ayudaba. Tenía que ser la inteligencia lo que sedujo a Malena. «Inteligencia para ser más atractivo, para hacer buenos negocios y conquistar a Malena», dijo lentamente en voz baja y sus ojos resplandecieron más verdes que nunca.

Cuando volteó en busca del encargado de la tienda, frente a él apareció un hombre muy alto de cara larga y ajada, que alumbraba su pálido rostro con una linterna desde abajo. Súbitamente, Lando dio un paso atrás y se puso en guardia.

—Bienvenido Lando. ¿Buscas darle un empujón a tu vida?

El tono gentil contrastaba con la subrepticia intención de esa sórdida y carrasposa voz. En su moderado sobresalto, Lando obvió el hecho de que aquel hombre sin conocerlo supiera su nombre.

—Buenos días. ¿Qué significa eso que dice el frasco? Lo de la atracción de la violencia.

—Significa que cuando usted se tope con individuos violentos, estos se verán incitados a descargar su ira en usted.

—¿Y los precios?

—El primer precio es el que se paga cuando la lágrima funciona. El segundo se paga cuando no hace efecto.

—¿Lágrima?

—Cada frasco contiene diez mililitros de un líquido milagroso al que llamamos lágrima del destino. Esas lágrimas claman por los deseos no concedidos.

—Ya veo. ¿Pero funcionan o no? Si la bebo y no funciona, ¿me atacará cada violento que me cruce?

—Las lágrimas no siempre funcionan, tal y como los deseos.

—No lo entiendo.

—Que en esta vida uno no siempre obtiene lo que quiere.

—¿Pero funcionan o no?

Fastidiado, el vendedor apagó la linterna y en la penumbra chistó y resopló hasta quitarse la exasperación. La impaciencia brillaba en su rostro cuando volvió a encender la linterna.

—Las lágrimas a veces funcionan y a veces no —dijo muy rápido—, pero siempre se paga un precio.

—No quiero pagar por algo que no funciona. ¿Qué garantía tengo?

Otra vez el vendedor apagó la linterna y esta vez se oyeron pisotones, una patada a un tronco y una serenata de contenidas maldiciones.

—Uno intenta tratarlos bien, pero no hay modo con los que no quieren entender —rezongó el vendedor—. Si no fuera porque… porque… Cálmate Goran, cálmate. Ya falta poco. Pronto acabarás el trabajo. Pronto aliviarás tu dolor.

Luego de un par de inspiraciones profundas, la linterna volvió a iluminar las rústicas y ahora calmas facciones de Goran, el vendedor.

—Funciona como un premio acumulado —dijo Goran explicándole como a un niño—. Las lágrimas que no funcionan pagan por las que sí. ¿Acaso cree que basta un simple sacrificio para pagar por un milagro?

Reflexivo, Lando, asintió. Goran asintió aliviado junto a él.

—¿No son muy altos los precios?

—No.

—Pero…

—Piénselo así. ¿Usted daría su casa por llevar a su cama una chica normalita que justo le gustó ese día?

—No.

—Le sorprendería la cantidad de casados que lo hacen a diario. Arriesgan su hogar, la relación con sus hijos, la mitad de sus posesiones y futuros ingresos por ese efímero placer.

Estupefacto, Lando parecía caer en la cuenta. Envalentonado

por esa expresión, Goran continuó.

—Pongámoslo más fácil. Digamos que quieres comprar mi automóvil pero no te alcanza el dinero, y digamos que vives en un departamento de sesenta metros cuadrados. ¿Te mudarías a un departamento de cuatro metros cuadrados a cambio de mi automóvil?

—Ni de casualidad.

—Y si no lo harías por un automóvil, mucho menos lo harías por una pantalla de plasma, ¿verdad?

—Ni hablar.

—Esos cuatro metros cuadrados son las medidas de una celda. Los ladrones toman ese riesgo cada día y son millones —dijo Goran y con una sonrisa ruín se acercó a Lando para hablarle al oído—. Tu problema no es el precio. De hecho, ya has pagado altísimos precios. Estudiaste durante años para hacerte un futuro, te esforzaste con la cámara y con la guitarra en busca de fama, sufriste horrores en el gimnasio para verte bien y aquí estás hoy, en cero y regateando tu futuro.

Goran altivo le dio la espalda, se alejó dos pasos e hizo silencio por unos segundos. Lando, no respondía.

—Tu problema no es el precio ni el riesgo, sino la forma de pago. Tu problema —resaltó con aire de superioridad y volteó el cuello para mirarlo de costado—. Tu problema es que temes enfrentar el peso de tu destino.

—Todo en la vida. Todo. Cuesta muchísimo . . . —murmuró Lando.

—Todo menos desear —dijo Goran—. Cada deseo tiene un precio. Trabajadores, cantantes, deportistas, profesionales, padres y madres, en su mayoría hacen el sacrificio y pagan el precio. Sin embargo, apenas unos pocos cumplen sus deseos.

Atónito, Lando reflexionaba sobre su vida, sobre sus frustrados sueños, los de sus amigos y su familia. Cuanto más lo pensaba, más lo entendía y menos le gustaba la realidad de la vida.

—La tarjeta dice que uno de cada quince obtiene lo que quiere, pero si así fuera, el mundo sería muy distinto.

—Verdadero y falso. Es cuestión de combinatoria.

—¿Combinatoria?

—Piénsalo así, uno de cada quince tiene la pareja que quiere, uno de cada quince vive en la casa que quiere, y uno de cada quince trabaja de lo que le gusta. Pareja, casa y trabajo son tres deseos diferentes. Tener las tres implica multiplicar quince por quince por quince, es decir que solo una de cada 3375 personas vive en la casa que quiere, con la pareja que quiere y del trabajo que le gusta, dentro de las opciones a su alcance.

—¿Dentro de las opciones a su alcance?

—La chica linda del vecindario, un piso en el centro local y un trabajo en la empresa grande de la zona.

—O sea que si me gusta una chica de aquí he de multiplicar por quince, pero si me gusta una actriz extranjera...

—Exacto. Cuanto más exclusivo sea tu deseo, menos probabilidades tendrás de conseguirlo.

Pensativo, Lando no se movía, pero cuando Goran se disponía a apagar su linterna la expresión de su rostro cambió.

—Esos troncos sin luz con los que me he tropezado, ¿son de las lágrimas que ya se bebieron?

—Si.

—¿Me alumbraría las etiquetas de esas lágrimas?

—Con gusto, caballero.

«Belleza infinita. Precio 1. Tu casa. Precio 2. Un ojo», decía el primer frasco sin luz. «Fuerza imparable» decía el segundo. «Precio 1. Dos millones. Precio 2. Una pierna».

Al leerlos, Lando recordó a la rubia que salió con un parche en el ojo y al muchacho sin pierna que golpeaba con rabia la puerta. Esto no lo desalentó. Por el contrario, si luego de perder un ojo o una pierna salieron rápido y sin sangrado, los milagros eran reales. Goran había dicho que el precio se pagaba de un pozo común. Dos precios pagados eran dos contribuciones para su inteligencia y sabiduría.

—¿Cada cuánto se cumple un deseo? ¿Una de cada cuántas lágrimas funciona?

—Hmm, diría que una de cada nueve o diez.

—¿No será una de cada quince?

—La belleza o la inteligencia no son el deseo, sino un medio para obtenerlo.

—Entiendo. ¿Cuándo fue el último beneficiado?

—Ayer una mujer obtuvo la capacidad de detectar mentiras.

—Esa lágrima no está ahora.

—Cada vez que alguien obtiene su deseo, se reemplazan todas las lágrimas por un lote nuevo.

—Ya veo. Muchas gracias.

—¿Acaso se decidió por alguna?

—Guárdeme la de inteligencia y sabiduría —dijo Lando rumbo a la puerta.

—Llévela ahora —dijo Goran fuerte y claro, luego agregó en voz baja—, no vaya a ser que venga otro y se la quite, como a Malena —lo cual Lando no escuchó.

—Voy a esperar un poco. ¿Me abre por favor?

—Por supuesto. Lo espero.

Lando lo vio claro. Tenía un objetivo y un plan. Así que sin más, salió sonriente y con ilusión en la mirada. Al cerrarse la puerta, una súbita y agudísima punción en la espalda sacudió a Goran quien encorvado de dolor rezongó atragantado.

—Pueblo de cobardes y especuladores. Se merecen su ruina —dijo Goran y dolorido se recostó contra la pared, allí, miró hacia la puerta y sonrió con malicia—. Puede que me seas útil. Quizá tengas premio. Si te decides antes de que cierre la tienda. Has de apresurarte, pronto concluirá el experimento —dijo Goran y apagó la linterna.

CAPÍTULO 2

Lando volvió al parque con tres deseos, tres objetivos palpitantes en su mente, la lágrima de inteligencia y sabiduría, convertirse en ese uno de cada quince que obtiene lo que quiere y el amor de Malena.

«32 Parque Fontana - Mercado de Abastos», decía el cartel de la parada de autobús frente a la tienda. Era un banquillo largo de metal delgado bajo un techo pintado de verde. Allí se sentó, se inclinó hacia adelante con los codos en punta sobre los muslos y con la barbilla sobre sus entrecruzados dedos fijó la mirada en la entrada de la tienda.

El autobús no llegaba y la parada se colmaba. Parejas, estudiantes, oficinistas, vendedores y arrebatadores iban, venían, hablaban y se movían a su alrededor. Sin embargo, enfocado en la puerta de acero, Lando jamás reparó en otra presencia que la de aquellos que ingresaban a la tienda.

Vigilante, esperó sentado, ignorando la ventisca y su refrescante aroma a lluvia inminente. Pasaron las horas, el cielo oscureció y las calles se despejaron. De a poco, el alumbrado público se encendió y las intermitentes líneas blancas resplandecieron en el pavimento. Al anochecer el panorama cambió por completo. Apenas circulaban vehículos por los cinco carriles de la Avenida General Fontana y sin nada que interfiera su vista Lando relajó su guardia y observó los alrededores. La ciudad era un collage de grises fachadas, cortinas bajas, rejas, candados, aceras sucias y bolsas de residuos que junto a los árboles se amontonaban.

Los taxis rondaban vacíos, los perros no corrían a los gatos y los niños no jugaban en el parque. Eso era Pino Alto, tristeza, abandono y afiches de campaña. Lando recordaba que todo iba mejor con la alcaldesa, pero no recordaba la última elección. Al fijar la mirada en un afiche del alcalde postulándose a gobernador, sus afilados ojos oscuros y su vil sonrisa parecían hablarle, y al hablarle le decían: «Si en poco tiempo he arruinado Pino Alto, he comprado una mansión y salgo en las revistas con modelos, imagínate cuando sea gobernador».

—La ciudad se cae a pedazos pero al alcalde le va muy bien— reflexionó Lando en voz alta—. ¿Ser indolente y ruín es el modo de progresar?

Silencio.

—Es lo único que no he intentado.

Pensaba en cuánto empeño ponía a diario en ser recto, honesto y bondadoso, y se imaginaba a su jefe, a Tovacelli y a Roman de la mano de Malena, todos juntos mofándose de sus esfuerzos. Meditaba y se preguntaba por cuántos quince debía multiplicar su vida para ser feliz. Dolido y resignado, concluyó que su modo estaba errado y que quizá fuera mejor ser un desalmado como Tovacelli, un ex convicto que misteriosamente salió de la cárcel, asumió como alcalde y se enriqueció de la noche a la mañana.

Cabizbajo meditó sobre la vida en Pino Alto, en los reveses inesperados y los extraños sucesos desfavorables que se repetían a diario. Nadie parecía feliz con lo que tenía y, cual cruel experimento, los caminos desafortunados se cerraban en un pasillo final hacia la puerta de acero.

—De una forma u otra he de salir adelante —dijo Lando y sus verdes ojos se enfocaron en la tienda.

Oscureció en silencio y descendió la temperatura. Pasaron los verdiblancos autobuses, algunas acarameladas parejas, trabajadores de la noche, patrulleros a marcha lenta, los que hurgan en la basura, los locos que hablan solos y unos pocos hombres abrazados a la botella. Todos pasaban frente a sus ojos mientras él seguía allí, inamovible en el banquillo sin quitar su mirada de la puerta de acero.

Su corazón se agitó cuando a la tienda ingresó una adolescente de cabello negro en cola de caballo. Una chica menuda de piernas fuertes que salió sin manos llorando desconsolada. Esa chica descorazonada corrió y se metió con prisa en el mercadito a un par de puertas de la tienda. Conmocionado, por un instante a Lando le temblaron las piernas, pero continuó con su vigilia. Lloviznó, paró y de la tienda salió un encorvado anciano de holgadas ropas que se apoyaba en la pared para poder andar. Un hombre que salió más viejo de lo que había entrado.

—Uno de cada nueve o diez. Van cuatro —dijo Lando y se apaciguó.

La tienda no cerró a las diez de la noche, ni a las dos de la mañana, ni nunca. Lando vigiló esa puerta sin pausa y pasada la medianoche, cuando menos gente había en la calle, más clientes llegaban a la tienda.

La noche se hizo fría y con la ventisca llegó la llovizna. El techo de la parada del autobús no lo cubría cuando las ráfagas de viento desviaban la llovizna y lo regaban de frente en intermitentes andanadas. Cabello húmedo y ropa empapada, Lando resistía. Cuanta más gente dañada salía de la tienda, más ansioso se ponía, ya que lo apostaba todo a que nueve ajenas tragedias el precio de su deseo pagarían.

A las tres de la mañana, un policía se acercó a pedirle los documentos y el motivo de su sospechosa estadía. Al ver el estado de sus ropas, el agente le ofreció la dirección de un albergue y volvió a su patrullero. Lando siguió allí, sentado, mojado y con los ojos bien abiertos.

Salió el sol, sopló la brisa y la humedad de su camisa le dio escalofríos, pero no podía abandonar cuando el conteo ya iba en siete. Siete víctimas. Siete frascos. Ningún ileso. Su lágrima de inteligencia y sabiduría aún estaba allí. Con ese alivio llegó la incógnita. ¿Por qué nadie quería su lágrima? ¿Será que de nada sirven la inteligencia y la sabiduría?, o ¿será que todos inteligentes se creían?

Salió el octavo. Un abuelo en joggings marrones qué, débil e incapaz de alzar la cabeza, lento y a tientas arrastraba los pies. Al verlo, su mundo se detuvo en un latido. Solo quedaban dos lágrimas, una de ellas la de inteligencia y sabiduría. En ese instante, sus posibilidades de obtener un milagro eran del 50%, las más altas en su vida.

El abuelo tropezó y Lando se levantó presto a cruzar la calle y socorrerlo. Sin embargo, un agente de policía se le adelantó. Así que volvió al banquillo, pero no se sentó. Noche y día, con viento y bajo la lluvia, Lando había cosechado ese ansiado momento. Quedaban solo dos lágrimas en el lote. Era hora de considerar seriamente sus opciones. Podía esperar hasta que alguien más pague el último precio o podía arriesgarlo todo en ese mismo momento. Miedo versus codicia. Impulso versus destino.

Aún no se había decidido cuando una imagen inesperada lo paralizó por completo, el noveno cliente se presentaba en la tienda. Zapatos brillosos, jeans y chaqueta negra de traje; cigarrillo en la boca, manos en los bolsillos, paso firme y pecho inflado, así caminaba el noveno cliente, nada menos que Roman, aquel que le había quitado a Malena. Estremecido, Lando caminó hacia el cordón de la acera, volvió al banquillo, volvió a la acera y caminó en círculos tomándose la cabeza. Miró hacia un lado, hacia el otro y se dispuso a cruzar la calle, pero no lo hizo. Ensimismado y sin detener su nervioso merodear, le dio por conversar consigo mismo.

—¿Qué quiere Roman en la tienda? ¿Qué más puede pedir él? Si nació de familia acomodada, se recibió de doctor y para colmo también tiene a Malena. ¿Qué más quiere? ¿Uno de cada cuántos quiere ser?

Entonces se detuvo.

—Roman es inteligente. Incluso es doctor. No va a pedir inteligencia y sabiduría, ¿o si? —murmuró desconcertado—. Si le va bien, pierdo mi lágrima, pero no hay riesgo de que me muelan a golpes. Si le sale mal —dijo e hizo una larga pausa—. Si le sale mal Malena queda libre.

Cualquier resultado lo favorecía. Al menos eso pensó y se alivió. Al cabo de unos minutos cruzó la avenida convencido de que si la justicia existía, si el destino tuviera algo de equitativo, el afortunado esa noche solo podía ser él. Frente a la puerta de acero, se cruzó con Roman quien iba de salida y no parecía dañado.

—Lando —saludó Roman—. Tenté a la suerte. No era la lágrima que quería pero te vi esperando enfrente y no quise tomar la que a ti te falta. Me quedaría a conversar, pero voy apurado.

Roman se iba y Lando lo observaba sin poder descubrir si la lágrima le había dado resultado. Roman lucía y caminaba tal y como siempre.

—La que me hace falta... —murmuró Lando desconcertado.

Atrapado en el misterio, se apresuró a entrar y raudo corrió hacia el último tronco, hacia la única luz, la de un frasquito cuya etiqueta decía «Coraje insoslayable». Lando explotó en un rugido animal que sacudió los vidrios y se hizo eco en las paredes. Peleado con el mundo y la vida, salió de la tienda con ira en los ojos a paso brioso y decidido.

Tras la sombra de su partida, Goran encendió su linterna y sonrió.

—¿A dónde irás con ese ímpetu desenfrenado? —dijo Goran y ciñó sus ojos—. A por Malena o a tirarte de un puente, las probabilidades son cincuenta y cincuenta.

Luego Goran sacudió lentamente la cabeza.

—Te entiendo. Estás harto de que nada salga bien cuando de verdad quieres algo. Nadie más harto que yo. Mataría sin remordimientos por venganza, por indignación o tan solo por aliviar los cien dolores de este cuerpo viejo y la angustia en mi corazón.

Afligido y solemne, Goran hizo un breve silencio.

—Sin embargo, quien se rinde no tiene premio —dijo y enfocó sus agrisados ojos en la linterna, mirándola como si alguien estuviera ahí dentro—. Lo has pensado tanto que olvidaste lo más importante. Pronto lo entenderás y corriendo volverás. Aún no es tarde, pero pronto lo será —dijo Goran y apagó la linterna.

CAPÍTULO 3

Contrariado, Lando se preguntaba si se había equivocado al negarse a beber la lágrima del coraje insoslayable. Siendo la última del lote, se suponía que esa lágrima funcionaba y aun así no la bebió. Hacerlo iba contra sus principios. Podía aceptar no ser el más apuesto, ni el más inteligente, pero ¿que le faltara coraje?, eso era simplemente inadmisible.

Contemplaba la naturaleza desde lo alto del puente mientras meditaba su situación. Había venido a Pino Alto con sueños de romance y aventuras de ciudad, con ansias de dinero, de hacerse un nombre y una vida de la que hablar. En dos años no había conseguido demasiado. Descorazonado, quedarse a resistir o volver derrotado le daba igual, excepto por Malena, por ella estaba dispuesto a luchar, a convertirse en ese uno de cada quince y conquistar su corazón. Debía decidirse. ¿Fue su traspié en la tienda un principio o un final? ¿Era hora de rendirse o de patear el tablero y volver a empezar?

Su mirada se perdía en un oscuro nubarrón que acechaba el horizonte. Bajo las nubes, pequeño en la distancia, asomaba el tren de vuelta a su pueblo natal.

Mal clima, un tren de regreso y Malena que no contestaba sus mensajes. Era como si el destino le hablara y él se negase a escuchar. Si seguía como estaba, las cosas no dejarían de empeorar, pero ¿qué hacer? ¿Qué cambiar?

Sin respuestas, Lando observaba el descuidado bosquecito que rodeaba la orilla cuando entre el tenue vaivén del follaje un claro capturó su atención. Allí, un errante mendigo yacía boca arriba sobre un agrisado colchón. Su perro intentaba despertarlo, le lamía el rostro pero el hombre no se inmutaba. Lando intuyó que algo iba mal y sacó el móvil, apuntó con la cámara y aplicó zoom hasta que pudo verlo con claridad. El perro, un chusquito blanco mugriento, con collar pero sin dueño, no lamía al mendigo sino que lo mordía ferozmente desgarrando su cuello. Entre harapos y moscas, el cadáver del indigente yacía con los ojos secos abiertos. Al perro le sobraba hambre y le faltaban las sobras. En la calle escaseaba el dinero y entre la basura ya no había restos para el mendigo, ni huesos para el perro. Por eso, el sufrido chusquito se apresuraba a comer antes de que mayores carroñeros llegaran a disputarle el bocado.

Lando lo vio y lo comprendió, quedarse quieto era morir de a poco. En plena crisis, todos tenían hambre de algo y quien no se movía por ello involuntariamente se dejaba comer. Quizá el vendedor de la tienda tenía razón y todo era cuestión de estar en el lugar y el momento indicado. Quizá Roman tenía razón y lo que le faltaba era coraje. Un coraje distinto al de pelear y al de dar el primer paso. El coraje de rebelarse.

—Hice bien en detenerme a reflexionar —dijo Lando en un tono contemplativo—. Es hora de renunciar al trabajo y cambiar mi forma de pensar. De salir a comerme al mundo en lugar de esperar.

Revitalizado, Lando dejó atrás la ansiedad y vio las cosas con claridad. Malena por fin había salido de su casa, en cualquier momento contestaría sus mensajes o se la encontraría en algún lugar. Mientras tanto, tocaba revolucionar su vida. Era hora de dejar los viejos hábitos y arriesgar, de abandonar esa vida decadente, de abrir las alas y despegar.

Mientras Lando daba forma a un nuevo plan de vida, Malena sufría en silencio. Quebrada por dentro y escasa de alternativas, en su silencio su amada se aprestaba a cometer una locura.

CAPÍTULO 4

Sola y a puertas cerradas, Malena estrujaba las sábanas con el rostro hundido en la almohada.

—¿Por qué? ¿Por qué se va todo siempre al carajo? —bramaba Malena entre dientes mientras martillaba los puños contra la cama.

Con la excusa de la kermés, Malena había salido de su casa por primera vez en meses. Salió y conoció un chico de buena familia en quien sus padres confiarían, el chico la invitó a salir y ese encuentro fortuito dio luz a la esperanza de abandonar su inmerecido confinamiento. Sin embargo, a horas del encuentro el chico fue atacado brutalmente por una pandilla. Él quedó en terapia intensiva y ella sin opciones otra vez.

—¿Porqué tengo tanta mala suerte? —sollozó Malena agotada y volteó boca arriba—. Si tan solo mis padres vieran a Lando con buenos ojos...

Ahogándose en silencio, su mirada recorrió la habitación. En sus pupilas se reflejaron paredes grises, cajas en el suelo, persianas bajas, sábanas ocres, muebles viejos de madera oscura y ropa sucia rebalsando el canasto. Una vista abandonada y depresiva, una vida sin sabor. Para mitigar la triste atmósfera, su madre colgaba pósters con frases optimistas. Malena no coleccionaba pósters ni frases sino fondos de pantalla alusivos a sus reprimidos deseos. Imágenes de la estatua de la libertad, el carnaval de Río y de media docena de fornidos marineros qué, costal al hombro, enfilaban hacia una taberna. Imágenes donde Malena veía aquel mundo que anhelaba descubrir.

De repente, Malena dejó de sollozar, su cuerpo se tensó y repentinamente se levantó. Con el rostro surcado por marcas de sábanas, Malena sacudió la cabeza y observó furtivamente las paredes. Sobre la cabecera de su cama, un póster con la leyenda: «Pórtate bien y serás compensada. Te quieren, Mamá y Papá». Malena miró ese póster con odio incendiario y lo arrancó de la pared rasgándolo por completo. A los pedazos los volvió a rasgar, los tiró al suelo, los pisoteó y los revoleó a patadas. Tensa y febril, Malena se mordió la mano y observó el estante donde posaban sus libros y sus premios. Diplomas por participaciones en el coro, tareas comunitarias y otras pocas efímeras distracciones que cada tanto le permitían.

Agobiada, Malena tiró con rabia de sus cabellos y antes de arrancarlos se mordió los labios, le echó llave a la puerta y se lanzó a revolver una caja grande al fondo del armario. De ahí sacó patines de hielo, un sombrero de pirata, una carpeta con apuntes viejos, una flauta y una peluca roja, hasta que encontró lo que buscaba; un osito marrón claro grande como un bebé. Un peluche gastado, despeinado y con un ojo descosido que le colgaba hasta la nariz, un regalo de su primer y único novio, el de antes de la gran restricción. Un tonto hijo de tontos al que sus padres aprobaban. A ella no le gustaba mucho, pero con él la dejaban salir y gracias a él conoció las orillas del río, la disco, los besos, las bromas tontas, la cerveza y esa sensación de riesgo y libertad que tanto ansiaba. Cosas que las otras chicas hacían a diario y a ella a duras penas y con restricciones, a regañadientes cada tanto le permitían. Luego del fatídico incidente de su hermana, incluso esos permisos terminaron.

El osito de peluche no tenía la culpa. Sin embargo, con ahínco de proctólogo morboso, Malena le introdujo una mano desde abajo y por detrás. Profanó y revolvió las entrañas del peluche hasta que de él extrajo una bolsa enrollada. Allí estaban su pasaporte, tres gruesos rollos de billetes, dos perfumes tan pequeños como caros y los eróticos regalos que Pierre, su amante francés, cada tanto le enviaba.

Entre los regalos había un juego de lencería roja que Malena tomó cuidadosamente entre sus dedos para acercarlo a su nariz e inhalar el suave perfume de su seda. En ese instante recordó sus fantasías y su cara de borreguita perdida cambió por la de leona en cacería.

Decidida, Malena hurgó el armario en busca de su bolso de gimnasia. No estaba, así que acercó una silla y sobre ella se paró para mirar encima. Sin noticias del bolso, pensaba que quizás lo tuviera su hermana cuando sonó el móvil. Era su amor secreto francés. Pierre era un hombre canoso de anteojos oscuros cuya foto ponía en duda que fuera tan solo quince años mayor, algo que a ella en ese momento le importaba un cuerno. Llevaban un año de relación a distancia y a él sí le había contado todo. Con él, sin tacto pero con imagen y sonido, cometía aquellos pecados que la imposible discreción de Pino Alto le impedían experimentar.

Malena leyó el mensaje, sonrió y en voz baja preguntó: «¿por qué tus mensajes son siempre o muy tontos, o muy cierra la puerta y pon la cámara?».

Inmediatamente llegó otro mensaje. «El lunes salgo de vacaciones», escribió Pierre amenazando con ir a visitarla. Malena no contestó, pero entró al sitio de una aerolínea y consultó por un pasaje a Francia. En tres horas salía un vuelo. El aeropuerto estaba a menos de una hora y había asientos disponibles. Sin dudarlo sacó la tarjeta, llenó el formulario para comprar el pasaje y al final no lo compró. Su padre podría rastrear la tarjeta. Era mejor pagar en efectivo. Desesperada sacó diez billetes de uno de los rollos y de repente sus ojos se abrieron grandes como nunca.

Luego de años de guardar y guardar, Malena al fin contó

el dinero. Uno, diez, cuarenta, sesenta billetes pasaron entre sus dedos y todavía quedaban dos rollos sin contar. Incrédula y fascinada, Malena se largó reír pudorosamente mientras se abanicaba con los billetes. De tanto estar encerrada, había olvidado que en los tiempos previos al incidente sus padres le daban dinero cada vez que salía. Le daban para taxis, comidas, inconvenientes y por si acasos. Ella nunca lo gastaba y, luego de años, tenía lo suficiente para fugarse.

Malena suspiró con brillo en la mirada. Al fin había llegado el día en que abandonaría esa ciudad de pacotilla. Con esa idea fue al cuarto de su hermana a por el bolso de gimnasia. Ingresó abruptamente y su hermana estremecida barrió la mesa de un manotazo y se la quedó mirando fijamente con la cabeza inclinada, la boca semiabierta y la mano izquierda recogida.

—A mi no me engañas —dijo Malena—. Sé que con ese manotazo escondiste el pastillero ahí abajo —dijo Malena señalando un cajón entreabierto en el que Mónica apoyaba su costado para disimuladamente ocultarlo.

A Mónica se le iluminó la cara y pese al poco control que tenía de sus facciones, en ese momento, por un instante esbozó una perfecta sonrisa. Luego enderezó un poco la cabeza, bajó la mano malita y se sentó presta a conversar. Malena iba apurada, pero no podía evitar relajarse con su hermana. Con Mónica, Malena sonreía auténtica. Con ella, la vida no era un acto ni una prisión.

Eran hermanas, pero no se parecían demasiado. Malena tenía contextura pequeña y Mónica mediana. Las facciones de Malena eran agudas y bien marcadas, mientras que las de Mónica eran redondeadas. Los ojos marrones eran oscuros y enfocados en Malena, claros y dilatados en Mónica quien, cara torcida y cuerpo espástico, a los veintisiete años vestía pañales de adulto abultados bajo un amplio camisón.

Mónica forzó una sucesión de sonidos guturales dirigidos a Malena y ambas se echaron a reír.

—Si. Ya sé —dijo Malena—. ¿Tienes el bolso de gimnasia por

ahí?

Su hermana saltó de la silla y le tomó la mano con preocupación.

—No pasó nada.

Desesperada, Mónica la interpeló con sonidos guturales.

—En serio.

Mónica no se daba por vencida.

—¿Cómo sabes que me quiero ir?

Malena entendía los desarticulados gestos de su hermana. Ella no intentaba detenerla, solo quería que le contara. Mónica sabía de sobra lo que se sentía sufrir el rigor y el aislamiento de su familia. Malena suspiró, intentó disuadirla aludiendo que era difícil de explicar y su espástica hermana le dio a entender que peor que ella no podía estar.

—Está bien. Te cuento.

Se sentaron en la cama frente a un espejo grande. Mónica apoyó la cabeza en el hombro de Malena y esta inició su monólogo. Solo Mónica, la única que sufría más que ella, podía ablandarla un poco. Su desafortunada hermana era la única persona a la que iba a extrañar.

—Anteayer conocí a Roman —dijo Malena y Mónica la miró confundida—. El hijo del Doctor Ducard.

Mónica se entusiasmó al oírlo.

—Si, el mayor. Se recibió de doctor hace poco y hoy —Mónica la interrumpió con un gran circo de gestos y movimientos—. Si. Si. Me invitó a salir y —Malena se detuvo molesta por el escándalo que montaba Mónica—. ¿Quieres que te cuente o no?

Mónica se enderezó y se quedó quieta. Malena sonrió.

—No me vas a creer pero me invitó a un café y a los diez minutos lo llamaron para una emergencia y se fue, pero quedamos para esta noche y yo cero preparada. Así que compré unas cositas para, ya sabes, estar presentable —dijo y codeó a su hermana—. Creo que Papá no se iba a oponer a que saliera con el hijo del doctor Ducard. Iba a pedir permiso cuando me llamó la madre de Roman desde el hospital para avisarme que un grupo de ultras lo había asaltado en un callejón, que le dieron una golpiza y que ahora estaba internado. Así que le conté todo a mamá y fuimos a verlo.

Malena agachó la cabeza y con una mano sobre su frente negó lentamente con la cabeza.

—Pobre. Estaba enchufado a cables y sueros con la cara hecha un moretón y medio cuerpo vendado. En la cama estaba arqueado con la panza hacia arriba porque tenía como unas almohadas entre la espalda y las piernas para que no apoyara la cintura —dijo Malena y Mónica, preocupada, le tomó la mano—. No se porqué pero me llamaron a mi y la señora Ducard me recibió como si yo fuera la novia de Roman —dijo Malena encogiéndose en su regocijo.

Mónica la miraba fijamente con los ojos bien abiertos y elevaba intermitentemente el mentón pidiéndole que no se detenga.

—Hablamos poco y en voz baja porque él estaba débil, pero quería hablar conmigo. Me dijo que después de lo que acababa de pasarle, él ya no quería vivir en Pino Alto. Me dijo que tenía dinero y que con su título y su apellido conseguiría trabajo en cualquier lugar, y agárrate —le dijo clavándole su chispeante mirada a su hermana—. Me preguntó si me iría con él.

Las dos empezaron a dar cortos y agudos gritos abrazándose sobre la cama. Mónica se deshacía en gestos ampulosos y Malena continuó.

—Roman me pidió que no le dijera nada a nadie, mucho menos a su madre, y yo, ya sabes, cualquier cosa por irme y desvirgar. Cuanto más rápido y más lejos mejor. Después Roman me dijo que nunca fuera a la tienda nueva de la puerta de acero y vidrios oscuros. Dice que fue allí a por unas pociones milagrosas.

—¿Mirrrgrrss? —interrumpió Mónica, a quien luego de un tiempo se le hacía más fácil coordinar los sonidos.

—Si, me dijo que la atracción de la violencia era la prenda de la poción que bebió.

—¿Prrrnda?

—Si. Que de entre varias pociones, algunas funcionan y otras no, y que si funciona se te da el milagro y si no tienes que pagar el precio. Dice que tenía un cincuenta por ciento de posibilidad de ganar, así que eligió una de inteligencia y sabiduría, él que ya es tan inteligente, pero dijo que había de belleza, de persuasión, de curas, de coraje y otras.

Curas, escuchó Mónica y se paralizó con su expectante mirada fija en Malena, extremadamente atenta a lo que esta iba a decir.

—Y bueno, perdió y así quedó. ¿Puedes creerlo? Después llegaron dos chicas. Una más perra que la otra. Las dos por recibirse de doctora y con cara de tomar más pastillas que tú. Las dos peleándose por hablar con Roman y las dos decían ser su novia.

Malena se mostraba molesta al recordar.

—Así que me fastidié y me fui. La señora Ducard me pidió que me quedara. Me dijo que yo le gustaba más para su hijo. Una chica de familia honrada —dijo sacando la lengua y burlándose casi ofendida—. Así es como me ven. Una pobre borreguita que por mansa no es amenaza.

Sonó el móvil. Otro mensaje de Pierre quien ignoraba lo ocurrido. Pierre nunca sabía nada y eso era parte de su encanto.

—Se me hace tarde —dijo Malena, tomó el bolso de gimnasia del aparador y marchó de salida.

Mónica sabía que su hermana se iba para no volver, así que se interpuso entre ella y la puerta.

—Te voy a extrañar hermana —dijo Malena y la abrazó fuerte, muy fuerte—. Te llevaría si pudiera, pero no aguanto más. Ya no soporto la amargura y la perpetua vigilancia. Necesito conocer gente, ver el mundo y tener experiencias. Necesito que los días no me sepan todos iguales.

Mónica la abrazó aferrándose, oliendo a su hermana, fijando ese abrazo en su memoria.

—Y tú. Deja de tomar tantas pastillas. ¿Dónde las consigues?

¿Son legales? ¿Estás medicando un elefante o qué? —dijo Malena con sorna.

Mónica llevó su mano buena frente a su nariz y con ella emuló la trompa de un elefante, luego hizo el sonido del elefante al sorber y con la trompa tomó una pastilla y se la llevó a la boca.

Malena explotó en una carcajada. Mientras reía, su hermana la tomó de la mano y le dio a entender que quería darle algo. Entonces Mónica revolvió los cajones hasta encontrar una foto de ambas abrazadas antes del incidente. Así, con el rostro normal y sin pañales, quería Mónica que su hermana la recordara. Con los ojos humedecidos se abrazaron una vez más. Un abrazo largo para que les dure.

Malena volvió con el bolso a su habitación más dispuesta que nunca a empacar, liberarse y embarcarse en una nueva vida. Cualquier vida sería mejor que marchitarse sola en su habitación, o eso pensaba.

CAPÍTULO 5

anzarse a la aventura, subirse al avión, conocer el mundo y entregarse a su amante francés, ese plan le erizaba la piel. Presa de la emoción, Malena abrió su armario y enérgica revolvió entre las perchas. Del lado izquierdo colgaban sacones y vestidos largos negros, azules y marrones.

—Colores de vieja, estilo de vieja —refunfuñó Malena.

Fastidiada revisó el compartimiento derecho donde solo encontró blusones, ropa deportiva holgada y vestidos floridos en colores chillones.

—Nena tonta o vieja aburrida, ese es todo mi vestuario —dijo revoleando una a una las perchas hacia el mismísimo infierno.

Al no encontrar ropa que la representara, Malena cerró el armario de un portazo. Luego recordó que tenía unos jeans claros que la hacían sentir un poco más normal. Así que abrió un cajón y de allí sacó y arrojó blusas, camisas y bufandas al suelo hasta vaciarlo. Al cerrar el cajón, a un lado de la puerta encontró sus jeans, todos ellos, apilados en el canasto de la ropa sucia. Indignada y a punto de estallar, Malena se cubrió el rostro con ambas manos.

—Ropa horrible, casa horrible, jaula sin vida —dijo sacudiendo la cajonera—. No hay un atuendo que diga que soy una mujer joven, hermosa y con ganas de vivir. ¡Ni uno! ¿Porqué? ¿Por qué? ¿Por quéeee? —despotricó fastidiada y se desquitó estirando con vehemencia un vestido amarillo, rasgándolo costura por costura.

Enceguecida clavó su mirada en un vestido negro de satén. Uno de mangas largas sin escote, de cadera ancha, largo hasta el piso. Con unas tijeras lo acortó en puntas hasta la media altura de los muslos para entre punta y punta revelar su piel. Inmediatamente le quitó las mangas, arrancó un moño blanco grande de un peluche y con un ganchito lo prendió en caída sobre el hombro derecho. Malena transformó su frustración en arte y al hacerlo el odio se disipó. Al final, orgullosa de su obra, se probó el vestido frente al espejo grande del armario.

—¿Quién diría? Al final sirvió de algo el coser disfraces para la kermés —dijo aliviada.

Malena adelantó una pierna frente al espejo, la miró, le sonrió y la saludó. Hacía mucho que no la veía asomarse al mundo, hacía mucho que no se sentía femenina. A ese vestido solo le faltaba un sombrero para ser la brujita sexy de su comedia favorita.

En pleno albor creativo, Malena se puso una bandana negra de cuando era niña y se soltó el cabello. El resultado le gustó y eso la entusiasmó. Para el toque final, se puso gafas oscuras, redondas gigantes. Así se contempló en el espejo y enloqueció de alegría al verse tan distinta que parecía otra persona. Una persona sexy, con piel en los hombros y en las piernas.

Malena miró la hora y se apresuró a llenar el bolso con tres mudas de ropa interior, dos camisetas y dos abrigos por si en Francia hacía frío. Luego acomodó en el bolso tres pares de zapatos, un espejo, los recuerdos que tenía en el osito, la foto que le dio su hermana, una tablet y los cargadores de la tablet y el móvil.

—El resto lo compro en Francia —dijo y salió del cuarto.

Así como salió volvió a entrar y a hurtadillas cerró la puerta. Su padre había llegado.

—¡Justo ahora tenía que llegar el castra vidas! —dijo, sonrió, y tuvo que taparse la boca para cubrir su carcajada.

No podía creerlo. Le había faltado el respeto a su padre. No había tomado el avión todavía, pero la sensación de libertad ya la poseía.

—Le digo que voy al súper y no vuelvo más —dijo con la espalda contra la pared y el corazón palpitante.

Juntaba coraje para salir cuando notó un gran problema. Ese bolso abultado levantaría sospechas. Debía proceder con cuidado, pero no podía esperar demasiado. El avión salía en menos de tres horas, casi lo mismo que su padre tardaba en leer el periódico.

Acorralada, fue hacia la ventana con la idea de sacar por allí el bolso y salir con normalidad por la puerta. Al pasar frente al espejo notó que vestida así no la dejarían cruzar la puerta. Buscaba una salida cuando fuera de su cuarto se desató un escándalo de pisotones y golpes secos contra madera. Malena se asomó a espiar. Escaleras abajo, un ataque epiléptico sacudía a su hermana en el suelo; su padre sujetaba sus brazos y su madre le metía una mano entre los dientes para que no se tragara la lengua. Malena se asustó y se lanzó a socorrer a su hermana cuando, desde abajo, Mónica le guiñó un ojo y le hizo un gesto circular con el dedo índice. Malena entendió y volvió rauda a por el bolso. Al pasar por la puerta del cuarto de Mónica se detuvo, entró, le dejó medio rollito de dinero en el cajón donde Mónica escondía las pastillas, besó su retrato en la pared, dijo «gracias por la distracción, sister» y salió a toda prisa.

Malena bajó las escaleras sigilosamente. Sin embargo su padre la oyó abrir la puerta y sin mirarla le preguntó dónde iba. «A por su doctor», contestó Malena sin detenerse, cerró la puerta y, libre al fin, abrió los brazos y echó a correr cual niño jugando a ser avión.

Dos calles adelante paró a mirar el reloj. Faltaban dos horas y media para la salida del vuelo a París.

—He de sacar dinero de las tarjetas antes de que Papá se

de cuenta y las bloquee —dijo y aceleró el paso hacia el cajero automático.

Frente al cajero, sacó del bolso sus cuatro tarjetas; dos que le dio su padre, una su madre y una su abuela. Malena miró las tarjetas, les dio un besito, entre risillas dijo: «Francia baby» y se largó a extraer dinero. Una, dos, tres y ocho veces extrajo dinero de la tarjeta que le dio su padre y esta aún tenía fondos. Entusiasmada, pese a los chistidos impacientes de la gente que hacía fila tras ella, Malena extrajo cuanto pudo de todas sus tarjetas. No lo podía creer. Ya no sabía dónde poner los billetes. Había abultado su cartera, el bolso, el brasier, el elástico de las bragas y los billetes seguían saliendo. Al terminar, arrojó las tarjetas en el cesto a un lado del cajero y salió decidida a por un taxi que la lleve al aeropuerto. «Mejor en la otra avenida», pensó en voz alta al percatarse de que estaba llamando la atención y decidió tomar un taxi cinco calles adelante, donde no la conocían.

Caminaba eléctrica y felíz cuando a dos calles, en una pared triste y despintada, encontró un motivo para ponerse seria y detenerse. Era un afiche de Atilio Tovacelli, quien no llevaba dos meses como alcalde y ya hacía campaña para gobernador. Malena escupió el afiche y lo arrancó de a pedazos.

—Inmundicia. Infeliz. ¿Cómo te da la cara para poner tu foto en las paredes después de lo que hiciste? Deberías pudrirte en la cárcel por el daño que le has hecho a mi hermana —dijo Malena y estrujó en su puño el rostro impreso de Tovacelli—. No —dijo y cerró los ojos en busca de calmar su ánimo—. Esto es pasado. El pasado ha muerto —dijo, respiró profundamente dos veces y soltó el papel—. Me voy para no volver. No me extrañen, yo no lo haré.

Malena dio media vuelta y su móvil vibró con mensajes de Pierre. Malena reía sola imaginando la sorpresa que se llevaría el erótico francés cuando la viera valija en mano frente a su puerta. Luego llegaron mensajes de Roman desde el hospital, su situación había empeorado. No le deseaba el mal, aunque quizá debería. Tenía mil novias, o eso parecía, pero con él tenía algo en común, las ganas de irse y empezar de nuevo. Quizá fuera más seguro irse a quinientos kilómetros con él que cruzar sola la frontera.

—No —dijo Malena y sacudió la cabeza—. Roman lo tenía todo para irse desde un principio, no lo hizo y mira lo que pasó. No puedo cometer el mismo error.

Decidida miró la hora, dijo «se me hace tarde» y caminó con prisa hasta que un súbito aglutinamiento en la entrada a la torre Ferardian, el edificio de la única gran empresa que se había quedado, llamó su atención.

Frente a ella, decenas de bulliciosos trajeados saltaban sobre el control de acceso y salían alborotados para amontonarse alrededor del fastuoso portal de vidrio abierto de par en par. De allí salió un rubio alto de buen porte quien caminó lentamente cinco metros hacia afuera, se paró mirando la entrada, se quitó la corbata, arremangó su camisa de diseñador, tronó su cuello y desafiante se proclamó.

—Aquí estoy, roedor de papeletas. No te voy a echar, te voy a partir la cabeza en ocho y a cada pedazo le voy a poner una aceituna como la de las pizzas baratas con la que apestas la oficina todos los malditos días.

Tras la amenaza, desde el interior del edificio surgió la figura de un gordito cuarentón, semi calvo y retacón, en pantalón de vestir a cuadros y camisa celeste. Ese hombre salió del edificio, guardó sus gruesas gafas en el bolsillo, se quitó la camisa exponiendo su prominente abdomen y con enjundia la tiró al suelo. Sus iracundos ojos ardían ante el desafío.

«¿Rinaldo?» preguntó Malena boquiabierta ante la intimidante presencia de quien conocía como un parroquiano alegre y permisivo a quien jamás había visto involucrado en conflicto alguno. Sin embargo, Rinaldo se acercó a ese joven rubio alto y fortachón, quien además era su jefe, dispuesto, muy dispuesto, a enseñarle a no meterse donde no le llaman.

—¿Qué me vas a hacer qué? No me hagas reír. Hijo bobo de accionista —dijo Rinaldo caminando con firmeza hacia su jefe —. ¿Qué te pasa? ¿Estás enojado porque papito no te dio una empresa para manejar? Tu papito sabe de negocios, por eso te puso en un departamento inútil para quitarte de en medio, títere fallado, cornudo, come caca.

Sorprendida y emocionada, sin siquiera notar donde estaba, Malena sentía que al igual que ella, en ese momento Rinaldo decía basta y le plantaba cara a sus frustraciones.

—¡Rinaldo! ¡Dale una paliza a ese infeliz! —arengó Malena ante la mirada atónita de los trajeados qué, aun de acuerdo con ella, no podían demostrarlo porque el infeliz era su jefe.

Todos voltearon hacia ella, Malena se encogió, avergonzada dio dos pasos hacia atrás, pero no se fue. Reflejada en la rebelión del oprimido, Malena no podía dejar de ver esa pelea ni de alentar a su amigo. «Aplástalo Rinaldo», susurró y apretó los puños con la esperanza de verlo vencer. Esperaba esa victoria como una señal. Como un presagio de buena fortuna para su propia aventura.

Por su parte, Rinaldo se encorvó hacia adelante escondiendo la barriga y ensanchando su espalda, luego apretó los puños frente y bajo los ojos y se abalanzó contra su jefe. El jefe estiró su brazo izquierdo para detenerlo, lo sujetó por la cabeza y con la otra mano le lanzó un furioso golpe cruzado descendente. Ante el golpe inminente, Rinaldo se balanceó rápido hacia la derecha primero y hacia la izquierda después para librarse del agarre, hacerle errar el golpe y atropellarlo de cabeza contra el pecho. Desde allí, Rinaldo empujó con la cabeza arrastrando al jefe hacia atrás mientras le lanzaba una frenética andanada de puñetazos amplios y abiertos. Uno de esos manotazos impactó de lleno bajo el ojo derecho del jefe y estalló el griterío. Aturdido y enfurecido, el jefe lanzó un puñetazo descendente contra la mejilla izquierda de Rinaldo. El golpe le desfiguró momentáneamente el rostro, continuó hacia el mentón y aterrizó de lleno sobre el esternón izquierdo donde dejó un hematoma grande como el puño. Rinaldo aulló de dolor y por reflejo se irguió rápido y por completo. En ese envión, involuntariamente asestó en la mandíbula de su jefe un cabezazo devastador.

El jefe trastabilló mareado hacia atrás. Rinaldo, con el rostro fruncido de dolor, se tomó el esternón, pero al ver a su rival herido se lanzó en topetazo contra él. El jefe tambaleó a pasos largos y erráticos en dirección a la calle. La multitud se congeló al ver que el jefe inconsciente se dirigía hacia la avenida, directo hacia el veloz zumbido de los coches.

Tres empleados corrieron a socorrerlo y, cuando el jefe trastabilló a un paso de la avenida, uno de ellos se estiró al máximo en un desesperado intento por tomarlo de un brazo y jalarlo de vuelta, pero el jefe pisó en falso sobre el cordón de la acera y resbaló de espaldas hacia un sedán verde que venía a todo gas por el primer carril. El sedán no frenó, ni cambió de dirección, ni nada. El jefe chocó de espaldas contra la puerta del coche, rebotó y giró desorientadamente cual trompo de regresó a la acera. Allí cayó y rodó dando tumbos sobre el césped hasta chocar contra el tronco de un árbol. Allí volvió en sí, sacudió la cabeza, se arrancó la camisa y la arrojó con furia contra el suelo. Sentado, con la piel raspada y magullada, a quince metros le clavó la mirada a Rinaldo y lentamente se levantó.

—Solo iba a darte un par de bofetadas para que hagas el tonto. Ahora te voy destrozar poquito a poco —dijo el jefe mientras caminaba despacio y decidido hacia Rinaldo.

El ardiente dolor en cada parte de su cuerpo alimentaba la incipiente intención de matar a Rinaldo. Hacia él avanzaba observándolo de arriba a abajo y al observarlo se relamía pensando en cómo iba a comerse ese cordero.

—Primero te voy a quebrar una rodilla, para que no puedas huir. Después la muñeca derecha, tu mano hábil. Después, sin prisa te romperé cada uno de los dedos de la otra mano —dijo el jefe y sonrió magnánimamente—. Los dientes te los dejo porque tu cobertura médica no los paga —dijo y se largó a reír en una carcajada tosca y estridente.

El jefe se regodeaba mientras se sobaba la cintura para calmar su dolor.

—Casi me matas. Así que ya no se trata de abusar a golpes de un gordito, sino de emoción violenta en defensa propia. Ahora puedo destrozarte tanto como quiera sin preocuparme por la ley ni la prensa. Te hubiera convenido arrepentirte o dejar que juegue contigo un poco, pero no. El gordo olor a pizza tiene orgullo. Que pena —dijo mientras se tronaba los nudillos.

Rinaldo rotó su hombro herido y lo reacomodó de un tirón. El ardor de su hombro lo incendiaba por dentro, pero no tanto como las ganas de rematar a ese cabrón. Así que metió las manos en los bolsillos y de allí sacó su tarjeta de acceso al edificio, la suya personal como representante de Ferardian International y, mirando a su jefe a los ojos, se las frotó todas contra la ingle y se las arrojó en la cara.

—Métete la empresa de tu papito, los objetivos cuatrimestrales y mi indemnización bien metidas en el asterisco.

El jefe se paró frente a Rinaldo y este no retrocedió. Sin parpadear se desafiaron con la mirada cual pistoleros a punto de desenfundar.

Llegó más gente y se hizo una muchedumbre. Una muchedumbre que los alentaba a matarse mientras les apuntaba con las cámaras. Al notar varios móviles grabando la situación, Malena se alejó. No quería perderse el desenlace pero mucho menos quería que sus padres, ni ningún conocido supiera de ella antes de subirse al avión.

—Me voy justo que se pone bueno —dijo Malena con una sonrisa.

La fiereza de su amigo ante la adversidad la animó. «No soy la única que se rebela», dijo Malena emocionada y apuró el paso. Debía escapar cuanto antes. Lo presentía. En Pino Alto ocurrían cosas muy extrañas y temía que esa locura la atrapara para siempre. Por eso caminaba rápido y al hacerlo leía la numeración de la calle en voz alta para motivarse.

—Avenida Firulola doscientos cincuenta. Doscientos setenta. Doscientos noventa. Esquina Tenorio Rochinett. Trescientos cuatro. Trescientos veinte —decía Malena y con cada número que pronunciaba sentía un peso menos encima, un adiós anticipado que la regocijaba.

Un par de calles adelante, al setecientos, estaba esa compañía de taxis que su padre le tenía prohibido tomar. Eso y los treinta y cinco minutos hacia el aeropuerto eran el último tramo de Pino alto que debía soportar, o eso pensaba cuando un niño pecoso vestido de marinero se acercó a ella, le entregó una tarjeta y echó a correr.

CAPÍTULO 6

El niño en traje de marinero se alejaba y Malena observaba la tarjeta. «Uno de cada quince obtiene lo que quiere, ¿quieres ser uno de ellos? Te espero tras la puerta de acero», —leyó en voz alta.

—¿Para terminar en el hospital como Roman? No, gracias —dijo Malena, dejó caer la tarjeta al suelo y sonriente se preguntó: «¿Una de cada cuantas vuela a Francia?»

Fantaseaba con su aventura cuando vibró su celular. Tenía mensajes de Roman, de Lando y de Pierre. De repente, luego de años de tedioso encierro, las opciones la abrumaban. Tentada, se mordió los labios y miró el reloj. No sabía si a Pierre le gustaría en persona, tampoco sabía si Roman realmente le gustaba y no creía que Lando fuera a dejar su trabajo para huir con ella. Sus únicas certezas eran que quería irse, que el aeropuerto estaba a quince minutos y que su vuelo salía en dos horas. Cualquier arrepentimiento, cualquier cambio de opinión, debía manifestarlo ahora o callar para siempre.

Malena no dudó y se dirigió con prisa hacia los taxis. Dejar atrás Pino Alto le erizaba la piel y la ilusión de un nuevo mundo por conocer la empujaba a caminar cada vez más rápido. Tan rápido que parecía correr.

La parada de taxis no era lo que esperaba. Estacionados de esquina a esquina, una fila de coches amarillos maltrechos esperaban pasajero. Pese a la dudosa aptitud de los vehículos, Malena abrió la puerta trasera del primero de la fila, entró y se sentó.

—Al aeropuerto —dijo Malena y el conductor súbitamente despertó.

—¿Dónde señorita? —preguntó en un bostezo el conductor mientras se quitaba las legañas de los ojos.

—Al aeropuerto. ¿Dormía en el trabajo?

—Disculpe jefa —dijo el taxista con una sonrisa socarrona—. Me ha sorprendido con las manos en la masa. Por favor, deme con su látigo.

—¿Látigo?

—¿No va vestida de dominatrix o algo así? ¿Con qué da usted? —preguntó el conductor y curioso volteó para apreciar el atuendo de Malena—, o a lo mejor es bruja y da con la escoba —dijo entre sonrisas y arrancó el motor.

—Si las brujas tienen magia, ¿por qué iban a darle con la escoba?

—No sé. Dígame usted.

—Hocus pocus. Haced que este hombre trabaje de una vez —dijo Malena oscilando sus dedos hacia el conductor como si le lanzara un hechizo. Hechizo que el taxista esquivó haciéndose a un lado.

—¿Y si mejor hace magia para que termine la huelga del aeropuerto? Y ya que está, para que la gente vuelva a tomar taxi como antes. Me basta con que los viajeros paguen y no pongan todo a cuenta y desaparezcan.

—No exagere. ¿Cómo no van a salir los aviones? ¿Cómo no le van a pagar los viajes?

—Lo acaban de decir por la radio. El personal del aeropuerto ha declarado el cese de actividades. Como usted aparentemente no es de aquí, permítame que la ponga al tanto sobre la situación en Pino Alto.. Vamos mal, señorita. Muy mal. Las empresas locales cierran. Las multinacionales se van y la gente se queda sin trabajo. Mire ahí —dijo el taxista señalando un añejo restaurante que ocupaba media manzana—. Ese restaurante solía estar lleno desde el desayuno hasta la madrugada. Ahora abren al mediodía hasta apenas entrada la noche y se dice que pronto se irán ellos también.

—No pensé que Pino Alto estuviera tan mal.

—¿No vio la fila de taxis? Hace cuatro horas que espero. ¡Antes la gente nos esperaba a nosotros! Imagínese cómo estamos.

Hasta ese momento, Malena no había notado el deterioro a su alrededor. A diferencia de sus padres, el taxista le mostraba la realidad sin filtros.

Al tomar la ruta treinta y uno, Malena desconoció el paisaje. Ya no había gente hablando en las aceras, ni sonrisas, ni rosales. Solo hierba crecida, aceras rotas, basura en la calle y muchos carteles de propiedad en venta. Esa viva imagen de la decadencia capturó por completo su atención.

Aburrido del silencio, el taxista le preguntó de dónde era y a qué hora salía su vuelo. Ante la falta de respuesta, la observó por el retrovisor. Al notarla perdida en sus pensamientos, le pidió que le alcanzara la mordaza, la bolsa negra y las esposas que guardaba bajo su asiento, pero ella no reaccionó. La brujita seguía inmersa en el mundo atroz que le mostraba la ventanilla. El taxista no se dio por vencido y preguntó si tenía lugar en ese bolso para dos bolsitas de polvo blanco, que si pasaba la seguridad del aeropuerto iban a medias con la ganancia. Nada. A Malena le preocupaba otra cosa. Frente a sus ojos, abandonada a la intemperie, su infancia se oxidaba en un interminable baldío.

La rueda de la fortuna yacía volteada entre la maleza y la montaña rusa se desmoronaba herrumbrosa sobre los carritos de feria.

—Dios mío. ¿Qué pasó con el parque Diverloco? —preguntó Malena angustiada.

—Lo cerraron hace dos años. Por suerte, hace poco asumió un nuevo alcalde. Atilio Tovacelli pondrá todo en orden otra vez.

—¿Qué le hace pensar eso? —contestó Malena enérgica como si la hubieran provocado.

—Honestamente, no lo sé. Es nuevo. No lo conocemos pero cuando habla suena a que va a hacer lo que dice.

—¿Y qué dice?

—Pues no recuerdo —contestó pensativo el conductor—. A todos nos pasa igual. Es como que supiéramos que él va a mejorarlo todo pero nadie recuerda cómo.

Ofendida, Malena se cruzó de brazos y no volvió a hablarle al conductor.

Ya en el aeropuerto, Malena contempló fascinada la imponente estructura de vidrio verde azulado y las impolutas vigas de acero que se extendían frente a ella. Tras esa entrada comenzaba su libertad.

Malena celebró su despedida tomándose unas fotos bajo el cartel del aeropuerto. Fotos que al contemplarlas la hacían fantasear. Sus dedos temblaban alrededor del botón de enviar cuando pensaba en la reacción de Pierre si en ese mismo momento le enviara esas fotos, pero no las envió. Era más emocionante sorprenderlo en persona.

Desde adentro, la terminal se le hacía gigantesca. Tenía el techo diez metros sobre su cabeza y había tantos asientos como en un gran teatro. Sin embargo, el hall estaba desierto. Apenas ingresaban pasajeros y quienes salían lo hacían arrastrando de mala gana sus maletas. Además estaba el ruido. En los puestos de atención, un grupo de cincuenta empleados batían tambores, agitaban pancartas y cantaban contra la aerolínea. A su alrededor, banderas de protesta que decían «Sindicato de aeroportuarios presente, por sueldos dignos y mejores condiciones de trabajo».

Pese al alboroto, Malena pensó en comprar sus boletos a Francia y recorrió el hall con la mirada. Sus ojos pasaron por las puertas de embarque, los restaurantes, las regalerías, el check-in y el empaque hasta que al fin encontraron algo que les interesó, la pizarra de vuelos. El vuelo a París, al igual que el de Roma, el de Ciudad del Cabo y cualquier otro destino, se encontraba cancelado. Sin poder creerlo, Malena se dirigió al modesto escritorio de informes. Quinta en la fila, observó a sus predecesores. Eran tres parejas y dos hombres por su cuenta cuyas preguntas obtenían la misma respuesta una y otra vez. Hoy, mañana, o la semana siguiente, Francia, Perú, o Japón, los vuelos estaban cancelados y sin fecha de normalización. No podía ser. Era inaudito que justo el día que se marchaba de Pino Alto no funcionara la aerolínea. Llegaba su turno y Malena se preparaba a descargar su rabia cuando la mujer del mostrador no dudó en ignorarla, abandonar su puesto y correr hacia el equipo de prensa que acababa de ingresar. Malena la persiguió.

Frente a las cámaras, decenas de manifestantes se agolpaban alrededor de la reportera —una joven delgada de cabello largo oscuro, vestido ejecutivo corto, piernas largas y cara de piedra. Mientras camarógrafos, microfonista y productor preparaban la toma, los manifestantes protestaban a viva voz mientras excitados agitaban sus pancartas. En medio del griterío, con el dedo índice sobre un oído, la inmutable reportera probó su equipamiento, le hizo señas al productor de que no oía sus instrucciones y se dirigió a la muchedumbre.

—Silencio por favor —dijo la reportera en voz alta.

—Tú haz tu trabajo. Tenemos familias que alimentar —reprendió enfurecido el líder de la protesta.

La turba reaccionó contra la reportera agitándole las pancartas en las narices hasta que esta tomó un pañuelo descartable, limpió un salpicón de saliva en su rostro, cerró los ojos, inhaló hasta inflar su pecho y soltó un grito agudo y penetrante.

—¡Cállense carajo!

El grito retumbó en los tímpanos de los manifestantes quienes se encogieron y se taparon los oídos. A partir de ese momento, la reportera se dirigió a ellos con un vozarrón impostado y amenazante.

—¿Quieren protestar? A ver quien me gana. Anteayer descubrí cómo y con quien me engañaba mi marido. Ayer fui al registro civil para comenzar con los trámites de divorcio y no me atendieron, hoy tampoco. ¿Saben por qué? —preguntó la reportera, y recorrió la turba con su furibunda mirada—. Porque estaban en huelga, como ustedes. Mi marido ya pagó el anticipo por un apartamento, pero todavía lo tengo apestando en casa. ¿Saben por qué? Porque los notarios están de huelga, como ustedes. Si tuviera a mi madre enferma en Guardia Norte tampoco podría ir a verla porque a ustedes, pandilleros sindicales, no les importa a quien perjudican con su pataleo. ¿Quieren protestar? Háganlo ante el responsable del aeropuerto, sin hacernos la vida imposible a quienes nos dignamos a cumplir con nuestro trabajo.

Tras esas palabras cesaron los gritos y sucumbieron las pancartas. Ante el culposo silencio surgieron las preguntas de los fastidiados pasajeros. «¿Cuándo salen los vuelos?», «¿Espero aquí o vuelvo a casa?», «¿Sale el vuelo a Viena hoy?»

—Aguarden, contestaré sus preguntas en un instante —dijo la reportera mientras comprobaba su equipamiento.

El productor, un hombre joven de camisa y bermudas, se le acercó desde atrás, le posó una mano sobre su hombro y le susurró al oído el hilo de preguntas y el enfoque de la historia.

—Tres, dos, uno, aire —dijo el productor y salió de escena.

Tras la señal, los manifestantes alzaron nuevamente las pancartas y reiniciaron su furia para las cámaras. El camarógrafo se enfocó en su líder, un hombre bajo de cabello largo enredado cuyo expansivo abdomen desafiaba las costuras de su vieja chaqueta de cuero. La reportera le acercó el micrófono y el sindicalista despotricó contra las condiciones laborales, las corporaciones, la crisis económica y el gobierno, sin omitir la difícil situación familiar de los cesanteados y lo mal remunerada que estaba su tarea. De normalizar el servicio no dijo nada.

—Lo que quieras gordito —dijo la reportera con sorna—, pero tú no trabajas y cobras tres veces más que tus compañeros. Sin mencionar las comisiones que te llevas por cada acuerdo.

—¡No me puedes hablar así! —estalló el hombre del abdomen expansivo.

—Al aire no, pero estamos en el corte. ¿Qué sucede realmente aquí? ¿Por qué los pilotos y las azafatas abandonaron la terminal?

—¿Cómo sabe todo eso?

—Soy periodista, es mi trabajo. Entiendo que el problema es que van a trasladar las rutas de este aeropuerto al de Guardia Norte y que no todo el personal será transferido.

El líder sindical no atinaba a decir palabra. Media muchedumbre lo miraba sorprendida mientras la otra mitad interrogaba a la reportera.

—¿Van a cerrar el aeropuerto? —preguntó incrédulo un flaco barbudo que sostenía una pancarta—. ¡No puede ser! ¿Qué pasó?

—¿Qué puede haber ocurrido? Atilio Tovacelli, su alcalde, concedió en secreto nuestras rutas aéreas —decía la reportera cuando un grito feroz la interrumpió.

—TOVACELLI, YA MUÉRETE CABRÓN HIJO DE PEEEERRRRRRAA —insultó Malena a vivísima voz desde átras del tumulto.

Todos voltearon hacia Malena quien ante el atónito silencio apretó los puños, dio media vuelta e inclinada hacia adelante marchó de salida maldiciendo cual arpía recién salida del averno. En su paso enérgico y veloz, la brujita ignoró el llamado del productor del noticiero, salió del aeropuerto y se metió en el primer taxi de la fila.

—Por Dios, ¿qué tengo que hacer para largarme de aquí de una vez? —refunfuñó Malena.

—¿Va lejos, señorita?

—Al aeropuerto de Guardia Norte.

—Uff. Apenas estrenaron ese aeropuerto y ya nos roban el pasaje —se quejó el chofer y luego agregó—. Eso sería un viaje de más de cuatrocientos kilómetros. Disculpe, pero hoy solo hago viajes cortos.

—Entonces lléveme a la terminal de ómnibus de larga distancia —dijo Malena cruzada de brazos.

—Como anillo al dedo. La dejo a usted y me vuelvo con la patrona.

—¿Tan temprano deja el trabajo? Así nos va. Debería aprovechar y llevarme a Guardia Norte. Estamos en crisis y es un viaje caro, ¿acaso es usted el único en Pino Alto que no necesita dinero?

—¿No ha oído las noticias?

—No diga nada. Tovacelli. ¿Qué hizo ese humeante montón de estiércol esta vez?

El conductor intentó contestarle pero no halló resquicio en el exacerbado concierto de calumnias que Malena le dedicó al alcalde durante la completa duración del viaje. Llegaron a la terminal de ómnibus, el tarifador marcaba «35.67» pero Malena, aún destilando ira, le dio cincuenta al conductor, dijo «guárdese el cambio» y cerró la puerta con vehemencia. No era para menos, Tovacelli era el responsable de su confinamiento por aquello que le hizo a su hermana. Además de lisiar a Mónica de por vida, el alcalde ahora también era la razón por la que Malena no podía hacer la única cosa que quería hacer, irse de Pino Alto y reiniciar su vida de una vez.

Bolso al hombro, Malena recorrió con fastidio el estrecho corredor de la terminal de ómnibus hacia el ingreso de pasajeros. A medio camino, un metálico hedor a gasolina la hizo voltear hacia su procedencia, la plataforma de descanso de los autobuses. Allí, una docena de choferes en cuclillas extraían combustible de los autobuses en rojos bidones de a veinte litros. Una vez repletos los bidones, los choferes los cargaban en el maletero de sus coches y abandonaban la plataforma a toda velocidad.

Desconcertada, Malena apresuró el paso hacia la boletería. Al llegar, desazón. Cientos de rostros angustiados aguardaban en largas y cadenciosas filas tras las ventanillas. Para peor, en el cartel de salidas y arribos, todos los servicios se encontraban tachados y suspendidos hasta nuevo aviso. Boquiabierta, Malena señaló ese tablero para preguntarle a un empleado, pero este pasó frente a ella como si no la hubiera visto. Así que volteó hacia las ventanillas y al ver la interminable fila cerró los ojos y su cuerpo se aflojó por completo. Descorazonada y a brazos caídos, volvió por donde había venido. Ya no quería preguntar, escuchar, ni saber nada.

A contramano de la apresurada multitud, cabizbaja y rendida, Malena arrastró los pies a lo largo del interminable corredor de salida. Una vez fuera, marchó triste y solitaria hacia el extremo lejano del parque frente a la terminal. El sol del mediodía brillaba sobre el césped y se reflejaba en los charcos que dejó la lluvia. Sobre esos charcos Malena caminó con la mirada ausente. El agua y el lodo se infiltraban en sus zapatos, la tira de su bolso marcaba un surco en sus hombros, sus piernas le pesaban y sin embargo su inmensa pena lo eclipsaba todo.

Confinada otra vez, condenada a Pino Alto y su miseria, Malena apoyó su espalda en el tronco de un viejo roble y lentamente se dejó caer sentada en la hierba.

Su móvil vibró, pero Malena descartó la llamada de su familia, activó el modo silencio y desde el rabillo del ojo espió los títulos de los mensajes. Pierre, Roman, su padre y su madre la buscaban, pero ella no quería hablar con nadie. ¿Para qué? Si todo era siempre malas noticias.

De repente un cosquilleo, una hormiga trepaba su pierna. Malena le ofreció su dedo índice como continuación de su camino, la hormiga subió y Malena llevó ese dedo frente a sus atormentados ojos.

—¿Qué más tengo que hacer para irme, hormiguita? ¿Qué más puedo hacer? Quiero irme pero no me dejan.

La hormiga recorrió su dedo hasta el revés de su palma. Entonces Malena volteó la mano desafiando a la hormiguita, esta trepó hacia el lado de arriba y Malena al fin sonrió.

—¿Que busque el porqué? No quiero. Bueno, solo porque me lo pides.
Con la otra mano, cuidando que la hormiga no cayera, Malena tomó el móvil, buscó las noticias y las compartió en voz alta con su nueva amiga.

—Rumores de desabastecimiento y aumentos drásticos en el precio del combustible paralizan el transporte urbano.

Malena miró a la hormiguita con cara de ya veo lo que pasa.

—Por eso el taxi no va lejos, los buses no salen y los choferes se roban el combustible —dijo y se mordió los labios—. Tovacelli … ya no tengo ganas ni de insultarte … y acá dice lo de los aeropuertos. ¿Cómo me voy a Francia ahora?

Oprimida por las circunstancias, Malena se preguntaba qué hacer cuando todo sale mal. La falta de respuestas la carcomía. Sentada en el suelo, lloraba sin llorar. Los ojos se le humedecían, pero las lágrimas no caían. Su pecho se contraía y el dolor no salía.

Entonces, apesadumbrada observó la hormiguita caminar sobre el reverso de su mano. Tras ella, el horizonte, el cielo azul, la salida. Malena susurraba afligida para no agobiar los diminutos oídos de su amiga. Después de todo, esas patitas al caminar la acariciaban, ese placentero cosquilleo en la piel quizá fuera su única buena sensación del día, de la semana, del mes … de la vida.

—¿Porqué no me dejan ir hormiguita? ¿Qué hago hasta que
se normalice el transporte?

Al escucharse, Malena se estremeció y sus ojos se abrieron en
grande.

—¿Dónde me escondo? —dijo con pánico en la voz—. No
puedo volver a casa. Si vuelvo no salgo nunca más —dijo y dejó
caer su rostro contra la hierba.

Las cosas habían empeorado. Necesitaba refugio en una ciudad
pequeña donde todos pronto la estarán buscando. Sabía que
no faltaba mucho para que el paranoico de su padre llamara
a todo el mundo preguntando por ella. «¿Hasta cuándo durará
la huelga?», se preguntaba con la nariz contra el suelo cuando
en una recortada voz de incrédulo espanto dijo «y ¿cómo me
entero si al móvil se le acaba la batería?» Sola, boca abajo
en medio del parque, Malena rió una carcajada inconsistente
y destartalada. De a poco, esa carcajada ganó volumen hasta
desquiciarse. Al rato, Malena levantó la cabeza. Verdes trazas
de hierba resbalaban desde sus llorosos ojos hacia su incipiente
maquiavélica sonrisa.

—Está bien. ¿Qué más da? Si ya hice cien, puedo hacer ciento
una —dijo renovada y se sentó de un tirón.

Cambiar su destino no iba a ser fácil. Nada nunca lo
fue. Se fugaba para abrazarse a la libertad, para sentir, para
experimentar, para vivir, pero para saber disfrutar hay que saber
sufrir. Eso pensó y suspiró angustiada e ilusionada a la vez.
Entonces apoyó su espalda contra el árbol, se tapó los ojos con la
bandana y desconectada del mundo se largó a hablar sola.

—Necesito esconderme en un lugar donde nadie me vea.
Si me encuentran, me llevan a casa y le ponen barrotes a mi
ventana hasta que cumpla los cuarenta —dijo Malena resignada
y negando con la cabeza—. Todos me conocen y mi padre conoce
a todos. ¿Acaso hay alguien en Pino Alto en quien pueda confiar?
—dijo Malena y miró su móvil con melancolía—. Comprar

amigos de confianza, una de las pocas cosas que no puedo hacer online.

Silencio. Contemplación.

—¡Lando! —dijo Malena y de repente sus ojos se encendieron —. Él es de confianza. Sin embargo, me parece que no quiere ser mi amigo. Él quiere polinizar mi florcita —dijo y se le inflaron los cachetes.

Malena contuvo la carcajada y al hacerlo se distendió su cuerpo. Entonces sonrió contemplativamente y suspiró.

—Al menos él sería buena pareja, pero tiene trabajo y alquila un departamento aquí, no puedo pedirle que nos vayamos de Pino Alto de un día para el otro. Aunque si accediera no estaría mal. Conoceríamos otros lugares, nos buscaríamos la vida y nos divertiríamos. Haríamos nuestra casa y al tiempo nos separaríamos. Como todos. Luego yo podría decir que he vivido un poco y aún me quedarían unos buenos años para irme a revolotear libre por ahí.

Estaba claro, si pudiera, Lando le echaría una mano, y si lo dejara le haría vivir una experiencia. Además, a él tampoco le caían bien sus padres, ni Tovacelli. Convencida, Malena se quitó la bandana de los ojos, se levantó y con el semblante renovado caminó hacia un banquillo. Allí se sentó, desbloqueó el móvil, obvió los mensajes y clicó sobre el rostro de Lando.

Escribía, pero a la hora de enviar no le gustaba lo que había escrito, lo editaba y al final lo borraba. Consciente de que a Lando no debía haberle gustado nada el plantón y mucho menos el verla del brazo de Roman, Malena no encontraba el modo de hablarle. Se preguntaba cómo podía disculparse o evitar el tema, cómo podía desviar la conversación. Al no encontrar una salida, se preguntó qué haría su hermana. Al hacerlo, de inmediato tuvo una idea y entre risillas escribió: «Lando, necesito que me hagas un niño lo antes posible. Tiene que ser en un lugar donde ningún conocido me vea. Ya sabes cómo la llevo con mis padres».

Ni bien envió el mensaje se tapó la boca con pudor. Absolutamente incrédula de lo que acababa de escribir, sus ávidos y fantasiosos ojos destellaban esperando la respuesta. El mensaje se marcó como leído y Lando al instante contestó: «Yo me encargo. Te espero en el puente a las siete de la tarde». Electrizada, Malena contestó enseguida: «necesito que sea antes, me arde la vagina». Sin pensarlo ni revisarlo, Malena envió ese mensaje y entre risotadas contenidas se palmeaba la falda de alegría. La respuesta tardó en llegar. «Estoy en el trabajo. No me hagas enojar el pajarraco que si canta en la oficina me echan» le escribió Lando y pronto Malena le contestó: «si no llegas a las siete, me desquito con el primero que pase», texto seguido por una andanada de emojis de besos, corazones, bananas y estrellas. Luego guardó el móvil y miró hacia el puente asintiendo con picardía.

—Ay Mónica, hermana mía. Las cosas que me haces escribir —dijo Malena y se puso en marcha.

El puente era una buena idea. Una zona donde su familia no solía aventurarse. Un lugar donde probablemente no muchos la conocieran.

—Al fin toca vivir un poco. A falta de novio, siempre es bueno tener un amigo a mano —dijo Malena y sonriente extendió los brazos y se preguntó—. ¿Dolerá mucho?, y ¿qué hago hasta las siete?

CAPÍTULO 7

Aunque Malena lo esperaba ilusionada, Lando la pasaba mal en el baño del Ferardian.

Los efluvios desbordaban el inodoro. Su derrame se expandía en charco por el suelo y su rancio hedor se condensaba en asquerosa neblina. Vestido de overol azul gastado, guantes de goma y botas amarillas, Lando renegaba del trabajo que nunca quiso.

Reticente ante ese amarronado jugo de orinas y excrementos, Lando cerró los ojos y con asco en el rostro sumergió la mano hasta el fondo de ese retrete. Allí revolvió orina y fecalidad para luego incrustar un alambre en la tubería y con él empujar y rempujar ferozmente contra aquello que la obstruía.

Al revolver, el hedor se acentuaba, picaba en sus narices y apestaba en su garganta. Lando se debatía con la hedionda porquería cuando una súbita succión jaló su brazo hacia adentro. Con la mejilla a centímetros del diarréico desborde, de un tirón liberó su mano y los efluvios al fin fluyeron por la tubería.

Ya fuera del inodoro, su puño izquierdo sostenía el causal del atasco —una bola de papel estrujado grande como una pelota de tenis. Lando de a poco escurrió esa bola de papel y la desplegó frente a sus ojos para verle la cara al enemigo. Era un informe de cuatro hojas, puras líneas rojas que caían de izquierda a derecha. Una declaración de rentabilidad negativa que alguien no se atrevió a mostrarle a la directiva. Lando estrujó con furia ese papel. Si no necesitara el dinero, si no estuviera siempre en cero, hace tiempo que ya habría renunciado. Sin embargo, ya lo había decidido. Era el último día del mes. Así que ficharía de salida, por la noche su sueldo se acreditaría y por la mañana renunciaría. Solo quedaba esa última faena, atravesar la puerta y olvidarse de la compañía.

De pie en medio de ese charco marrón, con las manos cruzadas sobre el palo del trapeador, Lando hizo una pausa y sonrió soñador.

—El último día —dijo y suspiró—, y esta noche al fin Malena será mía.

Embriagado en fantasías, Lando se enfocó en lo único que importaba en ese momento: terminar con ese baño, fichar la salida e iniciar cuanto antes su nueva vida.

Renovado e impetuoso, Lando arrojó el papel al cesto y cuando se disponía a limpiar el magno charco alguien golpeó a la puerta.

—¿Se puede? —preguntó una voz con aires de apuro.

«Aguarde un momento», dijo Lando y con fastidio empujó el trapeador al ras del suelo, pero apenas pasado el segundo mosaico su poder de absorción ya no daba la talla. Así que alzó la cabeza del trapeador y la estrujó con rabia sobre el lavabo, maldiciendo al estrujar.

—Yo pedí de los buenos, no esta porquería barata —refunfuñó Lando entre dientes y cambió la voz para burlarse de la aguda nasalidad de su jefe—. No hay presupuesto. Trabaja con este.

Su rostro enrojecía de ira mientras retorcía el trapo y el líquido marrón caía sobre el lavabo.

—Sarta de imbéciles. Vengan a trapear ustedes, a ver si sirven para algo —dijo y estrujó ese trapo como si fuera el cuello de su jefe y le dio diez feroces torsiones completas hasta sentirse satisfecho.

La satisfacción no duró. Segundos más tarde, rápidos e intensos golpes resonaron contra la puerta. Con los golpes, las voces desesperadas.

—¿Falta mucho?
—Me hago encima.
—¿Cuánto falta?

Muchas voces, muchos golpes y zapateos, cero paciencia. Cero asearse, sacarse la peste de encima y trabajar en paz. Mil millón fastidio. Aunque era su último día y Lando solo deseaba marcharse y enviarlos a todos al infierno, su orgullo de trabajador lo impulsaba a cumplir con su tarea.

—Dos minutos —dijo Lando trapeando el suelo.

—No podemos seguir así. Si no sirves ni para limpiar el baño, mejor llamo a tu jefe para que contrate a alguien que sí pueda.

Lando apretó los dientes para no contestar y aceleró el trapeo.

Agachado al límite y a velocidad desesperada, Lando empujaba y traía el trapeador con vehemencia en la cara. Trapeaba sin pausa y su transpiración goteaba desde su rostro hacia el piso. Jadeaba extenuado mientras estrujaba la apestosa porquería y volvía a trapear como si allí le fuera la vida.

—Bañooooooooooooooooooooo. Me hago encima.

—Joder con la tortuga del trapeador. ¿Cuánto tiempo nos va a tener así?

Hecho un torbellino, Lando no tenía aire para contestar.

Cuando al fin el piso quedó limpio tanto en la cabina del inodoro violentado como en la zona de paso, Lando se apresuró a abrir la puerta para que los oficinistas pudieran evacuar su urgencia. Para su sorpresa, al abrir la puerta no había nadie afuera.

—Cabrones… —murmuró rendido y sus brazos se desplomaron.

Desde el umbral de la puerta, a solas con la mugre, el hedor y el hartazgo, Lando los veía reír a costa suya en las oficinas. Varios de esos oficinistas fueron sus vecinos y ex compañeros de clase. Lando no sentía que fueran particularmente mejores que él y sin embargo, habiendo aplicado para los mismos puestos, ellos obtuvieron los trabajos y él la desazón. Ellos tenían lo que él jamás tuvo, un empujón para arrancar. Un contacto influyente, un pariente en la empresa, esa fue toda la diferencia entre ganar una miseria por limpiar baños a medio tiempo y sentarse a hacer poco y nada por un buen sueldo.

Frente al lavabo, Lando se quitó lentamente los marroneados guantes, se arremangó y allí se lavó las manos, los antebrazos y la cara. Como venganza, malgastó jabón y toallas de papel en cantidades. Luego buscó una toalla limpia en el carrito de la limpieza y volvió a ver la nota que habían dejado los del primer turno, los fijos, los que cobraban bien y le dejaban siempre el trabajo pesado. «Piso 23, segundo baño. Tu héroe te ha dejado un regalito», decía la nota.

—¡Gordo olor a pizza! Siempre lo mismo —bramó Lando y arrojó la nota al cesto.

Eran las 14:30 cuando sonó la alarma de su móvil. Su turno había terminado. Lando sonrió y aliviado empujó el carrito de la limpieza a través de un largo pasillo de vidriadas puertas y oficinas descubiertas. Era la última vez que hacía ese recorrido. Por eso suspiró largamente mientras pulsaba el botón del elevador. Un melancólico minuto de solapados recuerdos transcurrió hasta que se activó la lucecilla y frente a él se abrieron las puertas. Lando entró al elevador, marcó el tercer piso y, con Malena en mente, silbó feliz durante todo el trayecto.

Ya en el cuarto de escobas, Lando acomodó el carrito al fondo, tomó su portafolios y lo abrió sobre la mesa. Era un portafolios negro, ancho, alto y reforzado, grande y espacioso, como de técnico electricista.

—Un lugar donde nadie nos vea —dijo embelesado y sonrió pensando en una treta.

En Pino Alto, la discreción era casi imposible. Sin embargo, con un plan en mente, Lando sacó su muda de ropa del portafolios y el interior quedó vacío.

—Va a ser un trabajo duro —dijo y se dedicó a llenar la maleta.

Allí metió tres botellas de desinfectante, una de detergente, dos de alcohol, tres rociadores antibacteriales, un aromatizador en aerosol, un overol limpio, muchos trapos, escobillas, un rollo ancho de cinta adhesiva plateada, tres secadores de mano a batería, seis jabones y tres rollos grandes de bolsas negras de residuos. Luego aplastó todo con ambas manos para poder cerrar el portafolios y se dispuso a cambiarse de ropa.

Cuando salió del cuarto de escobas, Lando era otra persona, un hombre de aspecto ejecutivo en pantalón de vestir, zapatos de brillante cuero negro, camisa elegante, anteojos oscuros, cabello húmedo y portafolios. Así vestido subió al ascensor y sonriente saludó a tres trajeados que también iban de salida.

Libre al fin, Lando caminó contento dos kilómetros hasta el puente y se adentró en el matorral adyacente. Tras unos arbustos se quitó la ropa buena, la dobló prolijamente, la embolsó, la guardó en el portafolios y se puso el overol trabajo. Listo para la faena, aplastando tallos se abrió camino entre la maleza hasta la orilla del río y allí se detuvo frente a su destino, el vagabundo muerto al que el día anterior había avistado desde lo alto del puente.

Los restos del mendigo se pudrían boca arriba sobre un colchón. El ala de un sombrero de paja le cubría los ojos y un pantalón marrón andrajoso sus piernas. No llevaba zapatos y sobre su torso desnudo los cuervos picoteaban a los gusanos que entraban y salían de la piel. Lando se acercó y al hacerlo un súbito aire denso y putrefacto se impregnó en sus fosas nasales. Ese rancio hedor bajó por su garganta y Lando se atragantó de asco en un reflejo vomitivo. Así que volteó dándole la espalda al cadáver y tosiendo en seco maldijo el no haber traído mascarilla, pero nada iba a detenerlo. Malena quería un lugar donde nadie los viera y él estaba dispuesto a cumplir su deseo.

Así las cosas, Lando dobló una franela en triángulo, con ella se cubrió la nariz y la boca y cual forajido anudó la franela en su nuca. Luego se calzó dos pares de largos guantes de goma uno sobre el otro. Acto seguido, tomó un rollo de largas bolsas negras de residuos del portafolios, espantó a trapazos media docena de cuervos que picoteaban el cadáver y se arrodilló a un lado del mismo dispuesto a embolsarlo por partes. En silencio, Lando tomó el frío y grisáceo pie izquierdo del muerto y lo alzó para desde allí meter su pierna completa dentro de una bolsa de residuos; luego la selló con cinta adhesiva plateada y lo mismo hizo con la otra pierna. Esa fue la parte fácil.

Al torso desnudo no lo quería ni ver. Allí, bajo el vuelo de las moscas, miles de anillados gusanos reptaban entre las difuntas carnes, criaban grises larvas y se comían la piel. La imagen le daba escalofríos y le retorcía el estómago. Por eso, casi sin mirar, Lando embolsó y encintó la cabeza tan rápido como pudo. Luego buscó otra bolsa, le hizo un agujero para la cabeza y se la puso al cadáver de chaleco. Al asegurar el embolsado con cinta, el frío reptar de un gusano sobre su piel le hizo dar un espontáneo y vertiginoso salto hacia atrás mientras con ampuloso asco se sacudía en procura de quitarse el pequeño come muertos de encima. Pese al desagradable incidente, Lando continuó hasta finalizar su tarea.

Atado y embolsado el cadáver, Lando lo tomó por las piernas, lo arrastró hacia la orilla y desde allí lo arrojó al río. Luego arrojó los guantes y encorvado con las manos sobre sus rodillas, respiró aliviado.

Al regresar observó desahuciado el colchón. Era un reguero de gusanos, migas de carne y negruzcos fluidos impregnados en la tela que ahora le tocaba limpiar. Lando renegó de la tarea, pero sus ojos habían cambiado. Luego de haberse encargado del cadáver, ya nada le parecía difícil. Así que sacó una botella de fortísimo desinfectante del portafolios y esparció su contenido completo sobre el colchón. Luego recargó esa botella con agua del río, la vertió sobre el enchastre, tomó un cepillo y a fregar.

La superficie del colchón se hacía espuma blanca burbujeante en algunas zonas, negra o grisácea en otras. Cuanto más fregaba, más caía la mugre hacia los costados. Por eso, entre friega y friega Lando sonreía pensando en su recompensa.

Era el momento de pelear por Malena. Si solo uno de cada quince obtenía lo que quería, llegado su turno, tenía que hacerlo mejor que los otros catorce, pero ¿quiénes eran sus rivales? A Roman lo conocía y estaba fuera de combate, pero no sabía nada de los otros trece. No era extraño que la gente ocultara sus deseos, su enemigo podía ser cualquiera.

Lo sabía, nada era fácil en el amor, ni en la vida. Por eso fregaba tanto como podía. La ansiedad de amar sin ser amado, de querer y no tener, se acumulaba en su cuerpo y se transformaba en energía. Empujado por su ilusión y su deseo, Lando lo dejaba todo en su faena aun sabiendo que sus esfuerzos no tenían garantía.

Cuando la cara superior del colchón lució limpia, barrió con ramas el negruzco de los costados, volteó el colchón y se abocó a la otra cara qué, para su beneplácito, no se veía tan mal. Luego de sendas fregadas dejó el colchón parado contra el tronco de un sauce para que secase al sol. Lo roció con desinfectante y luego con agua otra vez. Contento con el resultado, lo repasó con trapos absorbentes para quitarle la humedad y le dio aire caliente con los secadores a batería hasta que estas se agotaron.

Sin pausa barrió con ramas la mugre hacia el río, roció de nuevo con desinfectantes tanto el suelo como el colchón y le encargó el resto al sol. Terminado el colchón, se preguntó cómo podía mejorar la situación y fue a recoger flores silvestres. En minutos, Lando regresó cargando una bolsa repleta de flores las cuales deshojó para esparcir sus pétalos sobre el suelo. Pese al viento, los pétalos no se dispersaban sino que gracias a la humedad del suelo apenas flameaban entre el ripio y la hierba.

En pocas horas, Lando había limpiado el colchón y reemplazado un lecho de muerte y putrefacción por una colorida alfombra de pétalos blancos, rojos y rosados. Era difícil saber si no se cansaba o si al cansancio no lo notaba, pero vigoroso como al principio echó el renovado colchón sobre la alfombra de pétalos y se lamentó por no haber traído sábanas ni almohadas.

Orgulloso frente a su obra, Lando miró el reloj, luego el colchón y sonrió. Ya no le pesaba la angustia de su corazón, pues había renunciado a su trabajo y por Malena había dado lo mejor. Así que ahí mismo se desvistió y desnudo frente a su portafolios tomó un jabón dispuesto a quitarse de encima el olor y el dolor de su vieja vida. Luego caminó lentamente hacia el río y en este se adentró. Como en un ritual, con el agua hasta el pecho cerró los ojos y aceptó en silencio la purificación.

Al salir del agua, placer. Sus músculos relajados se adormecían y al hacerlo lo envolvían en una narcótica sensación. Apaciguado se vistió con las ropas buenas y, como le quedaba algo de tiempo, pensó en comprar lo que faltaba.

Treinta y cinco minutos más tarde, Lando disponía una docena de velas alrededor de la cama. Una cama que ahora contaba con sábanas rojas, dos almohadas blancas sin funda, un acolchado blanco plegado en diagonal y un mullido cubre colchón bajo las sábanas para aislarlas de cualquier remanente de humedad.

Atardecía media hora antes de su cita y, habiendo terminado, se acostó sonriente mirando al cielo. Así esperaría por ese amor que por mera casualidad esa misma noche concretaría. Le costaba quedarse quieto. Su imaginación volaba y las ansias lo consumían. Ansias de un amor de años que en minutos ante sus ojos se presentaría. Fantasías de olvidar todo pasado y arrancar con el pie derecho, su nueva vida.

De repente, una duda incendiaria azotó su mente. Lando saltó de la cama y horrorizado se preguntó «¿y si Malena no viene?»

CAPÍTULO 8

Eran las siete de la tarde; esta vez ambos se presentaron solos y a tiempo para la cita.

Lando se abría paso entre una maraña de espigados tallos y enraizada maleza con Malena temerosamente aferrada a su brazo.

—Llegamos —dijo Lando.

Aliviada, Malena alzó la mirada y la impensada imagen la cautivó. En un claro de baja hierba, entre el río y los sauces asomaban las rojas sábanas de una cama. Una cama de colcha blanca que se alzaba sobre un colorido manto de pétalos silvestres. Alrededor de la cama, las tenues llamas de una docena de velas flameaban al vaivén de la brisa. Tras ese mágico lecho, la orilla del río y un gran sol que de a poco se perdía en el límpido horizonte. Un rincón secreto y perfecto para ocultarse y ganar ardiente experiencia en la piel.

La sonrisa cómplice de su amada lo decía todo, Lando lo había hecho bien y al fin podía relajarse y apreciar el fruto de sus esfuerzos. Mientras Malena apoyaba la cabeza sobre su hombro, Lando se fascinaba ante su obra, ante su insospechada capacidad de convertir la muerte misma en belleza.

—A esto solo le falta una fogata. Voy a por madera —dijo y marchó inspirado hacia el bosque.

—No tardes —contestó Malena.

Cinco minutos más tarde, Lando volvió despeinado, con los

lentes oscuros colgando del bolsillo, la camisa arremangada, las botamangas dentro de los calcetines y una pila de ramas secas entre brazos. Una inesperada transformación que Malena disfrutaba con la mirada. Los misterios de ese lugar exótico y de ese hombre al que creía conocer la intrigaban. Atrapada en la nueva experiencia, Malena se sentía viva y ya nada le preocupaba.

Semi desnuda en la cama, Malena sonreía expectante. Su piel era clara como si nunca la hubiera tocado el sol y sus piernas se deslizaban sutilmente entre las sábanas mientras con curiosidad felina observaba a su hombre. Lando podía sentir ese creciente deseo y se esforzaba en no decir lo primero, lo segundo, ni lo tercero que cruzaba por su mente. Solo la miró lascivo y victorioso, le sonrió largamente, le guiñó un ojo y se abocó a encender el fuego. Mientras agitaba una frondosa rama frente a las primeras llamas, ella lo interrogó.

—¿Con cuántas has estado? ¿cinco, diez, cincuenta?

Tentado, Lando hizo silencio.

—Claro, un hombre de valía no habla de sus aventuras.

Lando no decía nada y ese silencio a Malena le gustaba, le atraía y de a poco le aflojaba las riendas.

Malena nunca había estado con un hombre. No fue su elección pero callarlo si lo era.

—De lentes oscuros y ropa elegante, las debes tener locas en el Ferardian.

Lando sonreía, sus ojos brillaban, quería contestar, pero no lo hacía. Ese tenso y calculado silencio la desesperaba. Malena disimulaba, pero por dentro los nervios la carcomían. Necesitaba escuchar, sentir y hacer; necesitaba que el sol se escondiera y que la vida se acelerara. Moría por saber cómo se sentía ser mujer. Quería saberlo en ese mismo momento y de una vez.

Ante el inmutable silencio, Malena suspiró larga y profundamente. Preferiría que las circunstancias fueran distintas, pero allí estaba su primer hombre. Un hombre en quien confiaba, listo para hacerla suya en la intemperie. Era hora de dejarse llevar.

—Está bien. Me pongo en tus manos. Lo poco que he hecho ha sido sola, en casa y por la cámara.

—¿Por la cámara?

—Claro, ¿nunca has tenido sexo virtual?

—Me gusta más en persona. ¿Eres virgen? ¿En serio?

—No porque quiera. Ya conoces a mis padres. Después de lo que pasó con Mónica, he vivido bajo vigilancia las veinticuatro horas. Mis padres no solo manejan mi agenda, sino que han convertido a los vecinos, a los conocidos y a los comerciantes en mis perpetuos vigilantes.

—Es cierto … aunque pensaba que con …

—Imposible. ¿Dónde? Si todos me conocen. Más por mi hermana que por mi. Si hiciera algo, mis padres se enterarían y me encerrarían hasta los cuarenta.

—Hoy no se van a enterar —dijo Lando con picardía en la mirada y ella se sonrojó.

—No te molesta que sea …

—Ni un poco.

—¿Falta mucho?

—Ya casi. Dos minutos más y estamos.

—¿Trajiste algo para comer?

—¿No quieres servicio de habitación también?

Ambos se largaron a reír a lo tonto. Ella en aquel irreconocible colchón convertido en cama y él a dos metros, rodilla en tierra, avivando las llamas.

—Langosta flambeada para mí —dijo Malena.

—Lo que guste, su alteza —contestó Lando en tono de refinado camarero—. Si acaso, por capricho de su inmaculada tripa sintiera usted su apetito florecer, ese río es nuestro buffet de pescado. Además, a su alrededor encontrará una plétora de sabrosas plantas y animales frescos que para su beneplácito que, solo por hoy, ofrecemos de forma gratuita. Siéntase libre de servirse usted misma. Aunque lamento informarle que no hay vino. Ni sal. Ni aceite. Y para serle sincero, por más apetitosos que se vean los conejos, cazarlos es más difícil que estornudar con los ojos abiertos.

El estridente tintineo de la alarma de paso del tren los interrumpió y el escandaloso rodar de metálicas ruedas sobre las vías hizo imposible continuar con la conversación. Aprovechando que el ruido imposibilitaba el habla, Lando se dirigió a Malena con gestos de contenido sexual. Boquiabierta, Malena señaló con ambas manos su entrepierna y luego se tapó la boca con exagerado pudor. Él le arrojó una rama, ella se acercó, tocó el suelo con las manos y le arrojó tierra en la cara. Así se divertían. Como adolescentes. Como adolescentes en celo.

Pasó el tren y ella preguntó si podrían verlos desde los vagones o desde la otra orilla. Lando se imaginó viajando aburrido, viendo el paisaje por la ventanilla, y de repente, la imagen de una pareja en auge carnal. Con esa imagen en mente, socarrón le dijo que si pudieran verlos sería desde lejos y solo por un par de segundos. Sin embargo, al caer la noche, ya nadie los vería.

—¿Nos verán desde el puente? —preguntó Malena y apoyó su cabeza sobre el hombro de Lando.

—Se ve, pero en chiquito —dijo Lando y sonrió ladino—. A ti te gusta frente a la cámara, ¿verdad? Si quieres que te vean pongo el móvil a transmitir en vivo.

—Tontoooo —contestó Malena, lo golpeteó torpemente con ambas manos y luego agregó—. Podemos esperar un poco. Cuando salga la luna seremos invisibles.

Lando meneó la cabeza en un juguetón gesto de fastidiosa desaprobación, Malena le sacó la lengua y fue a sentarse a la orilla del río. Estirada hacia atrás, apoyada sobre sus brazos extendidos miró hacia el puente, luego hacia el cielo, cerró los ojos y la noche se imaginó.

Oscurecía, las llamas florecían y el fuego crujía frente a los ojos de Lando. Habiendo cumplido sú trabajo, con leña para toda la noche, Lando respiraba lentamente para contenerse. No quería ni mirarla. Luego de dos años deseándola, con solo verla su pulso se aceleraba. Malena, ya en la cama, disimuladamente se contorsionaba entre las sábanas. Ya no aguantaba más. La anticipación la electrificaba por dentro.

Bajó el sol y el brillo que atravesaba el río se apagó. Solo el fuego y el reflejo de la luna sobre el agua interrumpían la oscuridad. La fogata chasqueaba chispas en el aire y apenas iluminaba su alrededor. Con el rostro rojizo tras el fuego, Lando sonrió. Con la noche de aliada ya nadie los vería, los requisitos de Malena se cumplían y ahora le tocaba a ella cumplir con los de él. Llegó el momento, pensó y se irguió repentinamente y por poco el cabezazo no le dio a Malena, quien se había acercado sigilosamente para sorprenderlo por la espalda. Allí la descubrió, la miró recio como enojado, le zampó un beso delincuente y la empujó hacia el colchón.

Al pie de la cama, con la luna y el fuego a sus espaldas, Lando se desabotonaba la camisa. Malena lo observaba atentamente. Al notar su atención, Lando bajó el ritmo y se desabotonó poco a poco, meneándose frente a ella sutilmente y con estilo. Con las llamas ardiendo a sus espaldas, de pie y desnudo, posó quieto cual estatua frente a su expectante compañera. Una intempestiva ráfaga de viento, la hizo voltear hacia los sauces y en ese momento Lando se abalanzó sobre ella.

Sus frenéticos cuerpos se entremezclaban en un intermitente claroscuro entre la noche y el rojo alumbrar de la fogata. Sus cuerpos se restregaban con desesperación mientras con ansia se recorrían, se acariciaban, se besaban y se chupaban. Apasionada e inexperta, poseída en la intensidad de mil nuevas sensaciones, Malena lo mordía, le clavaba las uñas en la espalda y los codos al subírsele encima. En su excitación, Lando la dominó, la montó y se entregó al deseo.

Malena tensaba sus piernas, las estiraba y las comprimía. Se cerraba, se abría y los labios se mordía mientras con las manos en sus pectorales a Lando resistía. Él se abría paso entre los quejidos. Malena quería, pero cada intento le dolía, aunque de a poco, su resistencia cedía.

Destellos de luces altas al otro lado del río encandilaron a Malena, y en esa distracción, Lando la arremetió con alma y vida. Estremecida gritó rogando que se detuviera, aun cuando eso era lo que menos quería.

Él se fruncía entero intentando contenerse y ella, con los ojos abiertos de par en par, arqueó el cuello hacia arriba como si le faltara el aire y sin cerrar su boca gimió su primer placer. Pecho contra pecho, la transpiración corría entre sus cuerpos de acordeón en celo que al unísono pujaban y se contraían.

Uno tras otro, espasmódicos retorcijones de placer los recorrían. Malena ya más no podía. Por dolor y por placer, sentía que el cuerpo se le iba. Aun así, se contorsionaba entera y se quejaba lo menos que podía. Lando la volteaba, la ladeaba, le cacheteaba las nalgas y cual juguete su cuerpo manejaba. La besaba, la frotaba y la chupaba mientras del cabello la sujetaba.

Juntos estallaron, jadeantes se quedaron sin aire y luego se calmaron. Al fin, luego del éxtasis descansaron abrazados. Un descanso cargado de intencionados roces que lentamente se convertían en juego previo.

Al recobrar la energía, al sentir que el tibio calor de la piel de su amada en su cuerpo se intensificaba, al notar su indómita tersura y esa leve contorsión que le provocaba al tocarla, Lando volvió a excitarse. Se posicionaba sobre ella cuando una víbora reptó sobre el muslo izquierdo de Malena. Al sentir el frío reptil cuero arrastrarse sobre su pierna, Malena gritó despavorida, pataleó buscando quitarse la alimaña de encima y se abrazó a Lando enterrándole las uñas en la espalda. La súbita punción frunció su cuerpo, iba a preguntar qué pasaba cuando él mismo sintió a la víbora abrirse camino en el posterior de su pierna. En un instante y por reflejo, Lando agarró esa víbora y la revoleó hacia el río.

Perplejo, Lando intentó dar cuenta de lo ocurrido, volteó hacia Malena para comentar lo sucedido y ella, sin darle respiro, lo hundió en la cama con sus manos sobre el pecho y lo montó enérgica y embravecida.

La luna circuló en el cielo. Ellos continuaron hasta que brillantes de sudor se dijeron satisfechos y rendidos yacieron de la mano, susurrando tonterías y riendo sin fuerza.

Ya no había luces al otro lado del río. El tren y los coches no pasaban ni volverían a pasar hasta la salida del sol. La fogata se hizo brasas y de las velas quedaba solo una. Todo era oscuridad, susurros del viento en la maleza, y el aroma del río mezclado con el del sexo consumado.

—Eso estuvo muy bien —dijo Malena con ese tono suave, tonto y cansino que llega luego del placer—. Nunca había andado por las mías. Mucho menos escondida entre los matorrales —dijo y suspiró—. Lástima que fue con un tonto, sino hubiera sido perfecto.

Él sonrió sin hacerle caso mientras, a la luz de la última vela, contemplaba el contorno nocturno del rostro de su Malena. Iba a preguntarle algo cuando ella cayó dormida. Sin proponérselo, Lando bostezó y sin terminar ese bostezo sus ojos también se cerraron.

Horas más tarde, el primer destello del amanecer incomodó sus ojos y, sin quererlo, Lando despertó. A su lado Malena, tapada hasta la cabeza, roncaba abrazada a la almohada. Ya despierto, la acarició y al hacerlo ella roncó más fuerte. Lando tomó ese ronquido como reprimenda y se apartó.

El tímido resplandor del amanecer asomaba en la oscuridad cuando desnudo Lando se levantó de la cama. Descalzo sobre la hierba, a paso lento se acercó a la orilla del río, allí se desperezó sonriente y a ojos cerrados dibujó en el aire un chorro largo y amarillo brillante que al caer se fundía con la corriente. «Qué linda sería mi vida si todos los días comenzaran así», dijo Lando, sonrió y volteó a ver a Malena. Ella aún dormía, así que aburrido vio su bolso y, curioso y sin nada que hacer, le dio por revisarlo. Su boca se abrió en grande cuando incrédulo encontró ese bolso rebosante de dinero. Dentro del bolso, una parva de billetes arrugados rellenaba el fondo, los costados y el espacio entre las ropas. Además había dos atados de billetes grandes como pelotas de tenis. Billetes de cien, los de mayor denominación.

—¡¿De dónde ha salido todo esto?! —exclamó Lando y espió a Malena de reojo.

En silencio, asombrado por su hallazgo, Lando continuó hurgando en el bolso.

—Virgen, tu abuela —murmuró Lando mientras sostenía unas bragas rojas eróticas entre las puntas de sus dedos.

Tentado de risa, Lando metió de vuelta las bragas que Pierre le había regalado a Malena en el bolso, lo cerró y se fue a sentar a la orilla. Desde allí arrojó una piedra al río y se quedó sentado en silencio pensativo. De repente recordó que era el primero del mes, fue a por su móvil y revisó su cuenta ansioso de encontrar su sueldo acreditado. «Hora de renunciar», dijo, cerró la app y se preguntó: «¿Debería gastarlo todo sin importarme nada?».

Ante esa decisión sin precedentes, Lando fantaseaba con la gran vida, con la rebelde sensación de conducir a torso desnudo la mejor motocicleta, de acelerar a fondo en un camino a orillas del mar, de degustar comidas exóticas y exclusivas, y catar los vinos más finos. Entonces volteó hacia el bolso de Malena y se preguntó: «¿Cuántos sueldos tendría que juntar para hacer un rollo de billetes como los de ella?» De repente, una revelación le hizo abrir los ojos en grande. *Malena iba de fugitiva*, pensó y su rostro estupefacto se congeló.

Tenía sentido. Ahogada por una vida limitada y oprimida, Malena buscaba una salida. Eso explicaba su nuevo y exótico atuendo, el bolso, el dinero y la necesidad de que nadie la viera. Estaba claro que Malena escapaba, pero ¿hacia dónde?, y ¿qué la retenía? Sin embargo, las preguntas que Lando necesitaba responder eran: ¿hacia dónde voy yo?, ¿qué me retiene?, y ¿querrá Malena venir conmigo?

Entre tantos interrogantes había una certeza. Arriesgarse había valido la pena. El aventurarse le abrió los ojos hacia una nueva perspectiva. Solo o con Malena, todo comenzaba allí. De repente, Lando cerró los ojos y se permitió soñar. Con todo lo que había hecho en las últimas horas, ya ningún destino le parecía lejano o imposible. Lo único prohibido era no hacer nada al respecto. Así que se vistió y con el sol asomando a sus espaldas, Lando no esperó a que Malena despertara para comenzar su camino. Ya había esperado bastante por Malena, por librarse de su trabajo y por darle un propósito a su vida. Era hora de verlo distinto y de salir a por lo que nunca había ido. A por ser ese uno de cada quince, a cumplir sus sueños, y a enfrentarse a su destino.

CAPÍTULO 9

Bajo el incipiente sol de la mañana, Malena abrió los ojos y Lando ya no estaba.

«¿Dónde habrá ido mi príncipe de los matorrales?», se preguntó Malena alarmada y sin desperezarse se sentó en la cama e inmediatamente tomó el móvil. Pensó que quizá Lando le hubiera dejado un mensaje, pero de eso nada. Solo encontró en la pantalla notificaciones de su familia, de Roman y de Pierre. Los ignoró a todos y le hizo una pregunta a Internet: «¿cuándo se normalizará el servicio de transporte?» Al leer la respuesta se agarró la punta de sus cabellos. «El servicio de transporte se encuentra en huelga por tiempo indefinido», decía la pantalla. «En un día, un mes, una semana, ¿cuándo se normaliza? Informen algo por el amor de Dios», se quejó ofuscada y miró a un costado en busca de la complicidad de su ausente compañero. «Y Lando me hizo un crío y se fue... y se fue», dijo Malena en tono lento y alerta, horrorizada al pensar que quizá él se hubiera ofendido al notar que lo había utilizado para esconderse hasta poder marcharse de la ciudad. «Y si fue a contarle a mis padres...» murmuró temerosa y ante el súbito pánico sacudió la cabeza y dijo: «No, no, no. Debo calmarme. Puedo confiar en él».

Desde que abandonó su casa, lo inesperado no dejaba de sucederle. Cosas como despertar sola a la intemperie no formaban parte de su idea de aventura. Sin embargo, al fin había escapado de su casa, había cambiado su oxidado atuendo, había conocido el aeropuerto y se había sacado la espina de darle al fin una alegría a su cuerpo. Recordaba lo bien que se sentía hacer el amor cuando de repente se preguntó cómo sería tener un bebé y lo buscó en Internet. Una recopilación de urgencias, cesáreas, dolores y noches sin dormir la estremeció. Imaginó las crudas imágenes de un parto ocurriendo sobre su ceñido vientre, imaginó a su bebé cabezón como Lando y el pánico la convenció de que no era el momento.

No había huido de su hogar para quedar embarazada inmediatamente. Aunque Francia era el objetivo, sorprender a Pierre, llevarse a Lando o andar sola daba igual, lo que importaba era abandonar Pino Alto en busca de libertad.

«¿Y si nunca se normalizan los vuelos?», se preguntó en voz alta. «No podría irme del pueblo, ni dejarme ver. Tendría que vivir en los matorrales», dijo y observó detenidamente la intemperie a su alrededor. «¿Cómo voy al baño? ¿Qué hago si llueve, si me pica un bicho o si me encuentra dormida un grupo de delincuentes?» Tras ese escalofriante pensamiento, Malena se cubrió la boca con ambas manos y con horror en el rostro contempló lentamente el paisaje. La mágica postal de la noche anterior se había desvanecido, en su lugar, la cruda imagen del abandono. A su alrededor, un reguero de envoltorios vacíos, botellas de plástico y papeles se desperdigaba sobre la hierba y el follaje, un coche se oxidaba bajo el puente y un atado de bolsas negras atadas con cinta plateada flotaba a la deriva en medio del río. Sin mencionar la amenazante presencia de una decena de perros flacos de pelaje discontinuo que merodeaban en busca de comida, o los voraces cuervos que sobrevolaban el paraje. Durante dos largos minutos, Malena lo observó todo en atónito silencio. «Si no se normaliza el transporte tendré que vivir aquí», dijo y se dejó caer de espaldas sobre el colchón.

Minutos más tarde reaccionó. «Necesito distraerme, confiar en Lando y no pensar. Mejor me entero de lo que pasa».

Leía las noticias locales cuando la alarma de poca batería la interrumpió. Malena omitió la alarma pero a los pocos segundos esta volvió a aparecer. Sobrepasada, Malena estrujó ese teléfono y cerró los ojos buscando contenerse y no estallar. No pudo y le dio por protestar. «Se acaba la batería, no hay enchufes, Lando no viene, nadie me trae el desayuno, nadie me lleva al aeropuerto y del aeropuerto no salen los aviones »reclamó Malena al viento. «Llevo un montón de dinero encima, tengo un ardiente francés que no sabe que me espera y por algún extraño motivo aquí estoy, sola en el matorral».

La incertidumbre la carcomía. No podía seguir así. Necesitaba tomar las riendas de su vida de una vez. «Basta de esperar a que salgan los vuelos», dijo Malena decidida. «Si no quieren salir, juro que compro una bicicleta y pedaleo los cuatrocientos kilómetros hasta el aeropuerto de Guardia Norte. Prefiero morir pedaleando antes que quedarme aquí«, dijo, se levantó y se colgó el bolso al hombro.

Buscaba con la vista el camino de salida hacia el puente cuando súbitos crujidos la pusieron en alerta. Asustada, Malena se agazapó tras un arbusto y congelada se concentró en el sonido de furtivos pasos que, acercándose, se abrían camino entre la maleza.

«¿Será un lobo? ¿Un tigre? ¿Un oso? Que no sea un oso», susurró persignándose dura de miedo. Con los pasos cada vez más cerca, Malena buscó refugio en sus alrededores y se encontró arrinconada entre el río y el matorral. «¿Qué hago? ¿Me trepo a un árbol? ¿Me meto al río?», preguntó apresurada e indecisa. «¡El colchón!», exclamó y hacia este se dirigió.

—Malena —dijo una voz desde la maleza.

—Los osos no hablan —dijo confundida mientras intentaba alzar el pesado colchón.

Malena alzó la vista y suspiró aliviada al ver a Lando emerger desde el matorral llevando una moto de a pie. De los frenos colgaban cuatro bolsas de papel. Bolsas de desayuno.

—¿No es mejor montarla? —preguntó Malena.

—En la calle. Prefiero no encenderla en la maleza.

Ya dentro del claro, Lando soltó el pie de apoyo de la moto y la dejó. Al ver a Malena sostener el colchón por el borde se aprestó a levantarlo por ella.

—Déjame a mi. ¿Dónde quieres que lo ponga?

—Déjalo ahí. Solo practicaba por si venía un oso.

—Aquí no hay osos, ¿y qué pensabas hacerle a un oso con un colchón? Mejor le dabas con una piedra grande. Además, los osos prefieren dormir en su cueva —dijo Lando con sorna.

—Deja, era solo práctica. Ahí está bien. No sabía que tenías una moto. Siempre quise andar en una —dijo Malena deslizando las yemas de sus dedos por sobre el suave cuero del largo asiento y el pulido metal del tanque de combustible.

Lando sonrió al ver por primera vez a su amada junto a su nuevo vehículo. Con regocijo, Lando reconoció la moto. Larga y baja, ruedas gruesas, manillar largo hacia atrás y escapes grandes, una motocicleta clásica y elegante. El cuero del asiento estaba intacto y la carrocería era puro brillo. Una moto cuyo dueño anterior había cuidado tanto como él la había deseado. Un gran gusto que se daba con su último salario.

—Mira que grandotota. Con esto podrías llevarme lejos, ¿verdad?

—Diría que hasta unos doscientos kilómetros con un tanque. ¿Dónde quieres ir?

—A Guardia Norte.

—Nunca he ido —dijo Lando pensativo.

Un lugar nuevo, con moto, novia y algo de dinero, pensó Lando ilusionado.

—¿No estabas pobre estos días? —preguntó Malena y bajó a Lando del cielo, pero luego le sonrió con complicidad—. No te incomodes. No te envidio. Yo también tengo algún dinerito guardado para mis gustitos —dijo y le guiñó el ojo con una soltura que le hizo verla aún más bella.

—Se la compré esta mañana a un compañero que liquidaba sus pertenencias en la puerta del Ferardian. Vendía todo, moto, guitarra, ordenador, nevera, tabla de surf y hasta el móvil para irse a Guardia Norte.

Malena también quería irse pero le daba pena hablar de eso con Lando. No sabía cómo se lo tomaría si le dijera que se iba de Pino Alto, o que se había fugado de su casa. Además, pese a lo de anoche, aún estaba latente el haberlo dejado plantado por Roman.

—¿Y? ¿Qué te parece? —dijo Lando posando apoyado en la moto.

—La hubieras dejado al otro lado.

—No le compré el candado todavía.

—Te debe haber salido un buen fajo de billetes.

—Traje el desayuno —contestó Lando con las bolsas en la mano.

—Desde aquí siento el olorcito. A ver que has traído —dijo Malena y le arrebató una de las bolsas.

Al abrir la bolsa, el fresco aroma a café, frutas, croissants y sándwiches calientes les encendió el apetito y allí se acabó la conversación. Así que hombro con hombro se sentaron a comer sobre el colchón.

—¿Tanto desayunas? —preguntó Malena mientras revisaba las bolsas.

—Hay que cargar energías para el segundo intento.

—¿Intento de qué?

—De hacer bebés.

—Come —dijo Malena y le empotró un sándwich en la boca, rempujándoselo hacia adentro como para atragantarlo—. Llévame a Guardia Norte y después hablamos.

Lando, casi sin poder respirar movía la mandíbula en grande intentando acomodar el bocado.

—Préstame el móvil —dijo Malena mientras masticaba un

croissant.

Lando le pasó el teléfono que acababa de comprar junto con la moto.

La intimidad con Malena le daba a Lando un subidón, una sensación de cálida ligereza que se esfumó tan pronto como vio lo que ella miraba en la pantalla. Era un video de Rinaldo —quien ayer con un informe había atascado el baño. Al verlo, inmediatamente, Lando frunció el ceño. Ese hedor escatológico estaba aún fresco en su memoria. Tan fresco que al recordarlo sentía la inmundicia impregnándose en lo profundo de sus narices. Aun cuando sabía que Rinaldo no se lo había hecho apropósito, no podía pasar por alto al responsable de su larga y sufrida faena.

Malena terminó su desayuno primero, tomó a Lando del brazo y con él se levantó. Su rostro se mostraba implacable y decidido, su mirada seria y cortante.

—Bueno, vamos —dijo Malena mirando hacia el puente.
—¿Dónde?
—A Guardia Norte.
—¿A Guardia Norte?
—Me voy de aquí. Puedes venir conmigo. Incluso llevarme si quieres, pero yo me voy.
—¿Porqué?
—Porque ya no lo soporto —dijo Malena y explotó extendiendo ampulosamente sus brazos—. ¡Mira dónde tengo que venir para tener intimidad con un hombre! Vivo rodeada de alcahuetes de mis padres. Gente amargada sufriendo por como se los está comiendo la crisis —dijo con los ojos ardidos, tomó aire y continuó—. A mi hermana casi la matan, y el responsable ahora es el alcalde. Y a Roman, un chico bueno que nunca hizo daño a nadie, lo atacaron los ultras y quedó en terapia intensiva. ¿Y tú quieres que me quede aquí? ¿Qué soy? ¿Demente? ¿Masoquista? ¿Estúpida? ¿Qué crees que soy Lando? —preguntó

Malena aferrándose a las solapas de su camisa, sacudiéndolo y clavándole su frustrada, furiosa y a la vez inquisitiva mirada. Ojos húmedos que perdidos suplicaban por clemencia—. ¿Y tú? Seguro quieres quedarte aquí, ¿verdad?. Claro, tienes trabajo en el Ferardian. Qué te importa si todo se va al garete. A ti te irá bien igual.

Lando apoyó la cabeza de Malena sobre su hombro y ella sollozó estrujándolo como si no quisiera dejarlo ir. Él también pensaba en empezar de nuevo y sentía que todo lo que siempre quiso estaba al fin a su alcance. Guardia Norte, Bélgica o Filipinas le daba igual. Nunca había considerado seriamente irse de Pino Alto, y cuanto más jugaba con esa idea, más se encendía su semblante. Así que con la mirada posada en el horizonte Lando confesó.

—Hoy renuncié. Necesitaba un cambio. Siento que aquí crezco limitado como un bonsái. Vivo sometido a una maceta muy chica para mis raíces. Siento como que alguien cortara mis brotes cada vez que intento crecer —dijo Lando y se tomó un respiro para contemplar como Malena, románticamente estupefacta, le prestaba toda su atención—. Quiero un cambio. Un cambio grande. Para eso he de cambiar lo que pienso y lo que hago, ¿verdad?
Malena asintió.
—Pues tenemos eso en común. El que no se la juega por sus sueños, el que no arriesga, está condenado a no vivir la vida que cree merecer. Nunca es tarde para darse cuenta —dijo Lando y le acarició la mejilla.

—Pero Lando, tú eres honrado, trabajador, amable y sin vicios. Nunca pensé que tú también sintieras esto tan profundo y tan adentro —dijo Malena conmovida.
El rostro de Lando se aflojó, sus ojos humedecidos se preguntaban por qué nunca antes nadie lo había elogiado. Emocionado porque al fin alguien notara sus buenas intenciones y sus esfuerzos, con el alma expuesta, Lando la besó y se besaron largo y tendido.

—A Guardia Norte —dijo Lando decidido y extendió su mano hacia Malena.

Tomados de la mano, con la moto a cuestas cruzaron el matorral. Siempre mirando hacia el puente, hacia la ciudad y sobre todo hacia la promesa de un futuro incierto, pero prometedor. Era hora de marcharse lejos y empezar de nuevo. Sencillo de decir, difícil de hacer, sobre todo sin combustible, sin un plan y bajo el acecho de la tienda de la puerta de acero.

CAPÍTULO 10

Malena desesperaba por escapar de Pino Alto, su hermana por liberarse de su cuerpo.

Sentada inmóvil en su cama, desalineada y ojerosa, Mónica contemplaba con desprecio su deteriorada imagen en el espejo. Observaba detenidamente su boca torcida, su brazo izquierdo tembloroso y encogido, su rostro pálido y las esporádicas contracciones en su cuello. Lo veía pero no lo aceptaba, ese reflejo no era ella. Desde aquel incidente, no solo había dejado el laboratorio sino que había dejado de reconocerse.

No había dormido en toda la noche. Amanecía y las palabras de Malena aún retumbaban en su mente. Tienda, milagros, cura.

De repente, Mónica enloqueció, metió la mano buena allí donde escondía los pastilleros, con los dientes abrió los cinco que tenía y los volcó sobre la mesa. Un centenar de coloridas pastillas se desperdigó frente a sus narices. Contra la temblorosa desobediencia de sus dedos, Mónica hurgó entre las pastillas y apartó siete, las amontonó e intentó alzarlas, pero las resbalosas píldoras se escurrieron entre sus dedos. Así que de cara contra la mesa las picoteó una por una, las succionó, se las tragó en seco y luego repitió con otras siete pastillas. Al finalizar, su vista se nubló. El efervescente ardor de catorce pastillas explotaba en su esófago, subía por su garganta, secaba su boca y la picaba por dentro hasta las fosas nasales. Un febril sudor bajó por sus enrojecidas mejillas y ahogada se sacudió ante los punzantes sofocones. Minutos más tarde llegó el alivio. Su mano ya no temblaba, sus piernas tampoco y al ganar control sobre su cuerpo, Mónica volvió a sentirse en libertad.

Febril, vital y ligera, Mónica tomó el rollo de dinero que le dejó su hermana y el cuchillo de carnicero que escondía bajo la cajonera. Se irguió y tambaleante abandonó su habitación descalza y en pañales bajo su holgado camisón.

Al séptimo paso un portazo la asustó, se asomó a espiar y vio a su padre leyendo el periódico sentado en el sillón. Mónica calculó que el portazo lo había dado su madre de camino a la compra y se escondió a esperar a que su padre fuera al baño. Cuando esto al fin sucedió, sigilosa, con una mano en la baranda y la otra en la pared, temerosa se aventuró a bajar las escaleras. Aferrada al pasamanos, con paciencia deslizó sus pies un escalón a la vez. Paso a paso, el derecho rápido y el izquierdo cauteloso, bajó esos escalones con su corazón palpitando nervioso y desbocado. Debía llegar a la puerta antes de que su padre saliera del baño y de que su madre regresara del mercado. Pese a su condición, debía ser rápida y silenciosa, no caerse, ni llamar la atención.

Llegó a la planta baja, miró hacia un lado, hacia el otro, abrió la puerta muy despacio para no hacer ruido y salió. Afuera, el sol de frente le hizo entrecerrar los ojos y una fuerte ráfaga de viento infló su camisón. Al sentir la naturaleza tocar su cuerpo, Mónica sonrió.

Pies descalzos contra el pavimento, Mónica caminó contra el viento hacia la esquina con las pupilas dilatadas, un rollito de dinero en una mano y un cuchillo en la otra. Esa imagen, más su errático andar y su rostro desenfocado le daban un aspecto turbio y peligroso.

Era muy temprano, casi no había gente en la calle cuando

dobló la esquina. Su pierna derecha daba el paso y el pie izquierdo se arrastraba por detrás. Enfocada en su prisa y en la necesidad de alejarse de un posible encuentro con su madre, Mónica caminó tres calles tan rápido como pudo, a la cuarta se sintió a salvo y se detuvo. Al detenerse lo vio, cruzando la calle, la imponente fachada del Quintal Covillo, el pub donde solía encontrarse en secreto con su novio clandestino. Un lugar íntimo y oscuro del cuál había aprovechado cada rincón. Al recordarlo se le humedecieron los ojos. Su corazón se resquebrajaba desde adentro al sentir lo lejos que le habían quedado los juegos del amor y el placer.

Los recuerdos la paralizaban y sin embargo, Mónica debía apresurarse. No sabía cuánto duraría el efecto de las pastillas y aún faltaban unas cuantas calles hasta el parque. Así que esnifó groseramente, se secó las lágrimas y continuó su camino; ya no tan rápido, más bien a un paso cansino, obligado y melancólico durante las siguientes dos calles. Al verla así, los madrugadores se acercaban gentilmente a ofrecerle ayuda pero se alejaban al percatarse del cuchillo.

Una adolescente en malla de gimnasia plateada, de cabello castaño llovido, cuerpo pequeño y piernas fibrosas contemplaba el cielo sentada en las escaleras de un club deportivo. La chica no tenía manos, ni zapatos, ni ánimo en sus redondeadas facciones. Mónica se detuvo a su lado. La chica la vio pero no se asustó, de hecho, ni siquiera se sorprendió.

—Mónica Lenaris. Ganadora del concurso nacional de ciencias —dijo la chica con asquerosa indiferencia.

Mónica sonrió y por un momento su cara pareció enderezarse, como si al recordar lo que solía ser pudiera volver a serlo. Curiosa y en silencio, se agachó hacia la chica para tocar los muñones donde deberían estar sus manos, pero esta retiró el brazo con violencia y fastidiada le clavó la mirada.

—Esa cara. Odio esa cara. Esa ilusión. La aborrezco —dijo la chica exasperada y se levantó dispuesta a marcharse.

Mónica se levantó a la par y la sujetó del brazo para retenerla, pero la chica inmediatamente se la quitó de encima; entonces intentó hablarle, pero su boca solo balbuceaba.

—Ni se te ocurra ir a esa tienda. Mira lo que me pasó a mí —dijo la chica y le mostró enfáticamente los muñones en sus muñecas—. Y a mi hermano le quitaron las orejas.

Sorprendida, Mónica negó con la cabeza.

—No te hagas la tonta. Yo tenía la misma ilusión. Después de años sin salir, apareces vestida así, a primera mañana. A mi no me engañas. Tú vas a la tienda a por un milagro.

La chica miró al suelo y maldijo en voz baja.

—Al menos el cuchillo es una buena idea. El viejo de la tienda se lo merece. Te diría que no entres, que no elijas ningún frasquito, pero igual lo vas a hacer. Como hice yo —se lamentó la chica—. No se puede culpar a nadie por buscar un mejor destino, pero después de que pierdas lo que tengas que perder, haznos un favor a todos y clávale el cuchillo al viejo —dijo y se largó a correr.

Mónica forzó su garganta en un intento por llamarla, pero la chica de la malla plateada nunca la escuchó.

Lo de la tienda no estaba claro, Roman, la chica y su hermano habían ido y ninguno había obtenido un buen resultado. Para colmo, aunque Mónica no creía en milagros, necesitaba uno desesperadamente. Así que marchó con su paso errático en dirección al parque. A dos calles del mismo, su pie izquierdo, el que arrastraba, se atascó en un mosaico roto. Ella no lo notó, solo tiró más fuerte y siguió su camino. Ese pie, con el pulgar vencido hacia afuera, al caminar dejaba un rastro de gotas rojas en la acera. Así, sin saberlo, Mónica siguió adelante. Las pastillas cumplían su cometido.

Rengueaba descalza en la acera con un cuchillo en la mano, sangrando y en camisón. Los pocos pasantes cuando la veían se escondían dentro de las tiendas o cruzaban la calle para evitarla.

Ni los perros le sostenían la mirada, salvo por un cachorro de labrador de cabellera castaña clara brillante que atado a una reja le ladraba asustado. Mónica volteó a verlo, pero no fue el perro lo que llamó su atención. Boquiabierta se acercó a la pared y extendió su mano para tocar un afiche. Un rostro enorme de papel que se proclamaba candidato a gobernador. Un rostro rústico y primitivo de ojos oscuros, mirada recia y penetrante. El rostro de Atilio Tovacelli, un viejo amor, un póster y una promesa en letras blancas: «Todos tenemos un deseo. Pide el tuyo, yo te lo concedo», decía su eslogan de campaña.

La imagen de Tovacelli se reflejaba en sus pupilas brillantes, humedecidas y dilatadas. Presa de una herida que nunca había cerrado, Mónica apoyó la frente contra el afiche y su cuerpo se aflojó ante las preguntas que azotaban su mente. «Ati, ¿porqué me hiciste esto?, ¿qué hice mal?, ¿por qué nunca vienes a visitarme? » se preguntó y se largó a llorar.

Mónica lloró y su espástico cuerpo se destartaló. Gritó de dolor y su cuerpo se sacudió anárquico cual cable suelto. En consecuencia perdió el equilibrio y se aferró a la pared para no caer. Allí, pegada de cara y pecho contra la imagen de quien la había roto y abandonado, Mónica sollozó desconsolada. Sollozó y el cachorro de labrador se le acercó, lamió su dedo dislocado y aulló bajito para apaciguarla. Mónica miró hacia abajo y los tiernos ojos del cachorro la animaron. Más abajo, notó el pulgar de su pie doblado hacia afuera, cerró los ojos, sacudió la cabeza para despejarse y le sonrió al perrito improvisando una especie de aullido para contestarle. Luego despegó su cuerpo del afiche, esnifó tres veces y sus ojos se encendieron. En ese instante se enderezó, se quitó las puntas de cabello del rostro y continuó su camino a paso lento, cuidadoso y desvariado. Quedaban ciento cincuenta metros hasta el parque y Mónica rogaba por que el efecto de las pastillas durase lo suficiente.

Exhausta y de brazos caídos, Mónica arrastraba los pies dejando en cada paso la poca fuerza que le quedaba. Hacía mucho que no se movía tanto. Su esperanza la empujaba en busca de una imagen desconocida, la puerta de acero frente al parque que había mencionado su hermana. Pese a todo, la encontró y frente a esa puerta se paró. Al hacerlo, la puerta se abrió y sin dudarlo Mónica entró a la tienda. La oscuridad no la perturbó. Sin embargo, el primer resplandor la atrapó. Un radiante líquido amarillo que brillaba suspendido en el aire diez metros adelante. Ese brillo, esa estrella, renovó su ansia y con ella su vitalidad.

Obnubilada ante la promesa de una cura, Mónica aceleró el paso, tropezó con un tronco sin luz y en el aire, desesperada y sin querer, manoteó otro frasquito que cayó y se hizo trizas contra el suelo. Agitaba sus brazos para evitar la caída cuando se encendieron las luces. Entonces Goran apareció por detrás y la sujetó para que no cayera. Del susto, Mónica volteó y le lanzó un cuchillazo; Goran la soltó despavorido tras evitar por los pelos la estocada, la miró perplejo y ella volvió a intentar apuñalarlo. Goran saltó dos veces hacia atrás, llevó la diestra a su espalda y sacó un cuchillo plateado de hoja larga, borde dorado y filo reluciente.

—Te presento al entrañudo. Este ya se llevó diecisiete —dijo Goran serio y amenazante.

Aterrada ante el entrañudo, Mónica intentaba hablar pero su boca solo emitía mascullidos incoherentes. Goran sostenía el cuchillo frente a su rostro con el codo flexionado y listo para atacar, mientras la miraba fijamente sin entender lo que ocurría.

—¿A qué has venido?, atrevida.

También en posición de ataque, Mónica hacía cada vez más fuerza para hablar, pero su boca torcida y el paralizante temor no le permitían expresarse. Desconfiado y en alerta, Goran la observó detenidamente. Despeinada, ojos desorbitados, cara torcida, en camisón y descalza, con un dedo roto y sangrante. Nada tenía sentido.

—¡Tú no eres cliente! —acusó Goran—. Tú eres una loca que ha entrado sin querer. Aquí no damos albergue. ¡Fuera!.

Mónica intentaba aclarar su garganta pero de su boca solo salían quejidos desconcertantes.

—No te entiendo. Allá está la puerta —dijo Goran señalando la salida con el cuchillo.

—Nnnññññnnn Ukunnn —o algo así dijo Mónica como si estuviera amordazada.

Por un momento, a Goran le pareció que ella intentaba decirle que no estaba loca. Entonces, dubitativo, inclinó la cabeza hacía un costado para estudiarla.

—Si no estás loca y no has entrado por error, suelta ya mismo ese cuchillo —amenazó Goran.

—Nññnn —dijo Mónica con el cuchillo hacia adelante, lo que hizo que Goran brincara hacia atrás.

Tras esa reacción, Mónica miró su cuchillo, luego el de Goran y relajó su pose para señalar las lágrimas con el cuchillo.

—¿Vienes a por las lágrimas?

Mónica asintió.

—Si dejas caer tu cuchillo, yo guardo el mío.

Desconfiada, Mónica resopló. No quería soltar su cuchillo, pero lo hizo. Goran la miró extrañado, guardó el suyo y se acercó.

—Un cliente es un cliente. Has señalado hacia las lágrimas, así que asumo que ya sabes como funciona esto.

Mónica asintió y, cuando daba un paso hacia las lágrimas, Goran, con pavor en el rostro, la detuvo por el brazo; ella trastabilló y torpemente se fue de cabeza hacia él como si fuera a darle un mordisco. Goran saltó hacia atrás. Ella dio un paso hacia él y el grito estremecedor de Goran la detuvo en seco.

—Nooooooo. No, no, no. Tú de ahí no te mueves. Mira cómo dejas el piso.

Sorprendida, Mónica miró el suelo, notó la discontinua huella de sangre que su dedo roto marcaba sobre el porcelanato, se encogió de hombros y tímidamente dejó escapar un sentido «uuññuumm».

—Disculpa aceptada. Mira. Tú te quedas ahí y yo voy frasco

por frasco y leo las etiquetas en voz alta para ti. Tú, desde ahí, quietita, me dices si quieres esa lágrima o no, ¿vale?

Mónica asintió y Goran giró hacia las lágrimas, flexionó sus rodillas, se inclinó hacia adelante como esquiador y extendiendo alternadamente las piernas hacia atrás para impulsarse, se deslizó con gracia sobre el porcelanato. Gracias a las suaves felpas que envolvían las suelas de sus zapatos, Goran patinó serpenteando entre troncos y frascos hasta llegar al más lejano. Encantada, Mónica reía agitando las manos mientras observaba su grácil desplazamiento. Al notar su entusiasmo, Goran le guiñó un ojo y dio un salto con las piernas extendidas, luego una vuelta en pose alrededor del frasco y al pararse frente a este, dio tres giros sobre sí mismo de continuo y al frenar se congeló en una reverencia. Mónica lo aplaudía sin quitarle la mirada de los pies.

—Ni hablar guapa. Mis patines, mis felpas ninja, no se las presto a nadie.

—ÑÑIiiuuu UUuuumm —protestó Mónica agitando los brazos.

—Les llamo felpas ninja porque con ellas los clientes no me oyen y en la oscuridad no me ven. Así que aprovecho para asustarlos. Me acerco sigilosamente, enciendo la linterna e ilumino mi rostro justo frente a sus narices y sus caras estallan de miedo —dijo Goran con el rostro radiante—. Los tengo a todos grabados en infrarrojos, y en normal también, porque cuando enciendo la linterna algo se ve —dijo enarcando una ceja —. Todas las noches me parto de risa reviviendo esos terrores repentinos. Sería un éxito en Internet, pero no puedo permitir que la tienda se haga viral.

Tras su satisfactoria confesión, Goran recorrió sus solapas con los dedos, agarró el frasco y volvió a su formal seriedad.

—Esta etiqueta dice: El chasquido del amor. Pr—

—Nnnuummm —dijo Mónica negando inmediatamente con la cabeza.

—Todavía no leí los precios, ni lo que hace.

—Nnnuummm.

—Muy bien —dijo Goran y patinó hacia el siguiente frasco.

—¿Qué tal esta otra? Cura de todos los males. Precio uno, servidumbre. Precio dos, el corazón.

Goran la observó asentir lentamente, tomó el frasco y patinó hacia ella. Mónica de inmediato intentó arrebatarle el frasco de la mano, pero Goran cerró el puño, la tomó del brazo, la miró fijamente a los ojos y en tono pausado le advirtió.

—Si te tomas esta lágrima y no funciona, el precio es tu corazón, ¿lo entiendes?

Mónica asintió e intentó arrebatarle el frasco, pero Goran nuevamente la evitó. De algún modo, ella le caía bien y eso era algo que no ocurría a menudo. Pensativo, Goran se quedó mirándola y ella, con cara de perrito sin dueño se quedó mirándolo a él.

—Veo que prefieres morir a seguir así —dijo Goran con sentida resignación mientras abría el puño.

Mónica intentó tomar el frasquito, Goran cerró el puño nuevamente y ella lo miró como para matarlo.

—No te alteres, todo va bien. Solo que creo que es mejor si yo mismo te doy la lágrima en la boca. No vaya a ser que con tus manitas temblorosas la vuelques y no te la puedas beber.

Mónica asintió, inmediatamente reclinó la cabeza hacia atrás y abrió la boca bien grande. Tenso, Goran destapó el frasco, lo apoyó sobre el labio inferior de Mónica y volcó su contenido. Luego dio dos pasos hacia atrás mientras Mónica observaba sus manos y sus pies.

—¿Nnnuummm? —preguntó Mónica ansiosa y confundida.

El milagro no ocurría y Mónica se impacientaba. Frente a ella, Goran caminaba nervioso y en círculos sin responder.

—¿Nnniiiiuummm?

—Puede llevar unos minutos. Quizá una hora. Tanto para

curarte como para . . . toma, los patines. Juega un poco —dijo Goran mientras se quitaba las felpas.

Goran temía lo peor cuando se agachó a calzarle a Mónica las felpas. Por eso le temblaban manos al tocarle las piernas, al levantarle los pies y al apoyarlos sobre las felpas. Mónica se aprestaba a utilizarlas cuando unos temblores fuertes como ataque de epilepsia la poseyeron repentinamente. Goran se desesperaba por sostenerla en pie cuando se apagaron las luces.

—Tú no. Por favor, tú no —rogaba Goran en la oscuridad—. Tú no te mereces este destino.

—Nnnium.

—Yo sé. Tú eres fuerte. Dame esa mano. Desea vivir. Deséalo con el alma, Nium, NNnniuumm —dijo Goran angustiado.

—n..n...unnm.

—¡Resiste, Nium! Yo no te soltaré la mano.

CAPÍTULO 11

«¿Está Mónica contigo?», preguntó su madre vía mensaje de texto. Malena se estremeció y sus ojos se abrieron en grande. Sus dedos tipeaban a toda velocidad rogando que ese uno por ciento que le quedaba de batería no se agotara. «¿Mónica? ¿Qué pasó con Mónica?», contestó Malena con pánico en la mirada.

Lando se acercaba sigilosamente por detrás cuando Malena volteó y con absoluta decisión lo tomó del brazo y lo llevó hacia la moto.

—¿Qué pasa? —preguntó Lando mientras Malena se ponía el casco.

—Mónica escapó de casa, cuento contigo, vamos a buscarla.

Al igual que Malena, Lando puso en pausa sus planes de viajar a Guardia Norte y empezar una vida nueva. Era imperioso encontrar a Mónica antes de que algo terrible le suceda.

—¿Dónde vamos primero? —preguntó Lando mientras encendía la moto.

—No sé.

—¿A dónde crees que pudo haber ido?

Pensativa, Malena buscaba una respuesta y al encontrarla quedó helada.

—¿Malena? ¿Malena? . . . Tienes cara de saber dónde . . . —dijo Lando con suma curiosidad.

La mano izquierda de Malena se estrelló en medio de su rostro y allí quedó por un largo instante. Una mano que cubría su rabia, su odio y su vergüenza.

—Arranca. Esperemos que no haya ido con el cabrón del siglo.

—El alcalde —dijo Lando y arrancó la moto.

Un día después de que Malena decidiera marcharse de su casa, lo mismo hacía su hermana. Imposible no sentirse culpable. Así que Malena lo postergó todo para asegurar el bienestar de Mónica. Por su parte, la mera idea de enfrentarse con el alcalde hizo a Lando acelerar a tope, quemando neumático contra el asfalto sin salir del lugar. Rugía ese motor listo para esprintar cuando Malena le hizo señas a Lando de que lo detuviera.

—¿Qué ocurre, mi cielo?

—No me digas mi cielo —dijo Malena ofuscada—. Voy a preguntarle a Leonardo si vio a Mónica y vuelvo.

—¿Leonardo?

—¿No puedes elegir otro momento para hacerme perder tiempo? —explotó Malena—. No ves que Mónica vive empastillada, está baja de defensas y como le cuesta cambiarse de ropa seguro que va por la calle en camisón. ¡Mónica podría morir por mi culpa! —dijo rápida y desesperada—. Leonardo atiende todo el día y tiene vista a la calle y al parque. Si alguien la vio, ese fue él.

—No es tu culpa —dijo Lando quien sentado en la moto la miró a los ojos y acariciándole la mejilla, intentando sosegarla, le aseguró—. La encontraremos. Seguro que . . .—dijo y en esa palabra quedó congelado con el rostro hecho una confusión—. ¿Qué Leonardo?

—Tú lo conoces. Vive cerca tuyo y fueron compañeros. ¿De veras no lo recuerdas? —preguntó incrédula Malena y, sin respuesta, respiró profundamente para contenerse, para no decir lo que no quería decir y sin embargo, ante el apuro y la falta de reacción de Lando, lo dijo—. El cabeza de huevo.

—Ah, claro, cabeza de huevo atiende el mercadito. Buena idea. Te espero aquí.

—¿No vienes?

—Tengo que cuidar la moto. Los delincuentes del parque la miran con cariño y la necesitamos para buscar a Mónica e irnos a Guardia Norte. Así que mejor doy unas vueltas mientras preguntas.

—Mientras das la vuelta mira en todas direcciones, Mónica podría haber caído desmayada en la acera —dijo Malena e inmediatamente cubrió su cara con horror—. Pregunto y vuelvo —dijo y salió corriendo hacia el mercadito.

El frente del mercadito era amplio, vidriado y con una pequeña ventanilla cuadrada para la atención nocturna. El interior estaba oscuro y desde el vidrio apenas se veían los contornos del mostrador, las estanterías y las neveras. En la puerta colgaba un cartel que decía «cerrado». Aun así, Malena tocó el timbre y briosa golpeó reiteradamente la ventanilla.

—Llaman, Leo —dijo una voz joven y femenina desde adentro, aunque Malena no lograba ver a nadie por más que estirara el cuello para espiar.

—¿Quién es? —preguntó una lánguida voz masculina con aires de bostezo.

La cara de la joven asomó sigilosa por detrás de una estantería. Malena la conocía pero, sorprendida, no entendía lo que veía.

—La que te gusta. La de la kermés.

—¿Malena? Dile que ya voy.

Segundos más tarde, Leonardo apareció desde una puerta lateral, Malena lo vio y desde afuera le sonrió agitando la mano en señal de apuro. Descalzo y en sudadera, despeinado y con las sábanas marcadas en el rostro, Leonardo bostezó en grande resaltando involuntariamente la inconfundible ovalidad de su cabeza. Más notorio aún era el verlo sin sus lentes de vidrio grueso y alta graduación. Aunque lo realmente espeluznante era la ausencia de sus orejas.

Leonardo se restregó las legañas, tomó las llaves, se acercó al vidrio y al ver a Malena abrió por un instante la puerta.

—Entra rápido. Que no piensen que está abierto.

Malena entró con prisa. Iba a preguntar por Mónica cuando una imagen la dejó sin palabras. Escondida detrás de una estantería, en el suelo sobre una frazada agujereada, yacía Sonya, la hermana menor de Leonardo a quien conocía de pequeña. «¿Qué demonios pasa aquí?», se preguntaba Malena cuando sacudió la cabeza para enfocarse en lo que realmente le importaba.

—Leonardo, ¿has visto a Mónica?

—No —decía Leonardo cuando su hermana, acostada sobre una manta vieja de cara a la estantería, interrumpió con un «sí».

Malena se acercó y se agachó para hablarle.

—¿Tú la has visto?

—Si, pasó por la puerta del club de gimnasia temprano por la mañana.

—¿Qué hacías afuera tan temprano? —preguntó Leonardo.

—Salgo temprano cuando no hay nadie en la calle. Voy un rato al club y me quedo en las escaleras.

—¿Y cómo te calzas los zapatos?

—Voy descalza.

Mientras los hermanos discutían, Malena, marchaba de salida hacia el club de gimnasia, pero al llegar a la puerta no pudo con su genio y volteó hacia los hermanos.

—¿Qué pasa con ustedes dos? ¿Porqué duerme tu hermana aquí? Leonardo ya eres grande para dormir donde quieras, pero no le hagas esto a ella. Aunque no soporte a sus padres, a su edad, debe dormir en su casa.

La reprimenda de la chica que le gustaba hizo a Leonardo mirar el suelo afligido. Aunque no quería contestarle para no agobiarla, algo desde adentro le dijo que lo hiciera.

—Hace tiempo que no me pagan el sueldo completo. Aumentaron el precio de mi renta y no pude renovar el contrato, así que aprovecho que tengo las llaves del mercadito y duermo en el fondo.

—¿Y ella? ¿Y tu casa?

—Métete en lo tuyo, chica kermés —dijo Sonya desde bajo las mantas.

—Nuestros padres murieron en un accidente hace unos días —dijo Leonardo—. Cayó un balcón sobre la avenida. Mis padres murieron en el coche.

Malena no quería oír más, no quería saber más nada de Pino Alto. Todo iba mal. A todos les iba mal y, ya a punto de explotar, no sabía qué problema atender primero.

—Dios mío. Lo siento muchísimo chicos. Déjenme ayudarlos —dijo Malena y metió la mano en su cartera.

—Gracias, pero no te molestes. Ya saldremos por las nuestras. Como ves, de algún modo nos las apañamos.

—Claro, pero ustedes no viven donde cayó el balcón. ¿Te da miedo dormir en la casa sola? —preguntó dulcemente Malena a Sonya, pero fue Leonardo quien contestó.

—La casa estaba hipotecada y con orden de desalojo. Mis padres murieron debiéndole a medio mundo. Así que el banco se quedó con la casa.

Acuciada, Malena sacó unos quince billetes arrugados de la cartera y se los ofreció a Leonardo. Al ver el dinero, al sentir como Malena ponía los billetes en la palma de su mano y le cerraba el puño, Leonardo se avergonzó agradecido.

—Malena… Yo…

—No digas nada, lo necesitas. Hoy por ti, mañana por mi, ¿verdad? Cuídala bien que son tiempos difíciles. Disculpa que no pueda hacer más, pero llevo mucha prisa.

—Espera. ¿Qué le pasó a tu hermana?

—Mónica escapó de casa.

—Con razón estaba en camisón, despeinada y descalza —dijo Sonya y saltó fuera de las sábanas—. Dame un minuto que me pongo los pantalones y salgo contigo a buscarla.

—Yo también.

—Gracias chicos, pero ya voy en moto con Lando. No

cabemos todos en el asiento. Ya me han ayudado, buscaremos alrededor del club de gimnasia primero.

Al oír el nombre de Lando, Leonardo frunció el ceño. Sin embargo, su hermana se paró frente a él con un pantalón amarillo entre los muñones.

—Los seguimos en la bici. Entre los cuatro nos podemos repartir la búsqueda. Así como iba vestida, alguien tiene que haberla visto —dijo Sonya.

—Genial, cámbiate y salimos —dijo Malena quien al voltear a verlos notó que Sonya no tenía manos y horrorizada cerró los ojos intentando no preguntar, no saber, no agregar a su lista un problema nuevo.

—¿Pensé que Mónica no podía salir sola de su casa? —dijo Leonardo mientras vestía a su hermana.

—No sé cómo ha salido, pero, débil como está, podrían raptarla o atropellarla si baja a la calle.

—La encontraremos —dijeron los hermanos al unísono, ya listos para salir.

Afuera, Lando los vio y aproximó la moto.

—Cabeza —saludó Lando al ver a Leonardo.

—Leonardo, me llamo Leonardo.

—Si, claro, discúlpame. Has cambiado. Bien por ti. Ya no usas esas gafas culo de botella —dijo Lando sin percatarse de que las gafas culo de botella colgaban del bolsillo frontal de su camisa y de que no podía ponérselas porque le faltaban las orejas.

Leonardo cerró los puños y avanzó para pegarle.

Malena se interpuso y le contó a Lando la idea de dividirse la búsqueda. Calcularon que en su estado Mónica podría haber caminado a lo sumo unas diez calles antes de agotarse y echarse a descansar. Así que primero la buscarían en el parque, si allí no estuviera, Malena y Lando recorrerían la avenida en moto hacia el Oeste, mientras que Leonardo y Sonya lo harían en bicicleta hacia el Este. Así rastrillarían diez calles en ambas direcciones preguntando en las tiendas, a los puesteros y a los oficiales.

En el silencio previo a la partida escucharon un ruido, un tímido bullicio acompañado de un retumbar lejano de tambores que se aproximaba desde el Norte. Tras ese ruido, venía una muchedumbre marchando en protesta.

—La manifestación —dijo Leonardo en alerta.

—¿Qué manifestación? —preguntó Lando confundido.

—La del primero de Julio. Van a por mejoras y a por la cabeza de Tovacelli, ¿cómo no te has enterado?

—Me alegro de que vayan a por el alcalde, pero ¿justo hoy tenía que ser? —exclamó Malena fastidiada—. Ojalá la encontremos en la calle. Espero que no haya ido a ver a Tovacelli.

—¿Por qué iba a ir con él luego de lo que le hizo? —dijo Leonardo.

—Incluso luego de que la empujara del balcón, Mónica nunca ha dejado de quererlo —dijo Malena con sentida resignación.

—Esos tambores y bocinas no están lejos, mejor nos apresuramos —dijo Lando y Malena montó de inmediato la moto y los hermanos la bicicleta.

—Llamen cuando la vean —dijo Malena mientras se ajustaba el casco.

—La encontraremos antes de que comiencen los disturbios —dijo Leonardo y pedaleó hacia el parque.

Se alejaron y con el viento en la cara, mientras miraba un borracho sin techo en la acera, Malena agachó la cabeza y en voz baja susurró «Por favor Mónica, mantente con vida y lejos de Tovacelli».

CAPÍTULO 12

Fuera del radar de Lando y Malena, Mónica recorría el centro comercial. Luego de curarse se revolucionó. En menos de una hora desayunó, compró ropas nuevas y alisó su cabello. Lo siguiente era enfrentar su dilema.

Luego de dos años confinada a un cuerpo espástico al que apenas controlaba, Mónica sólo quería vivir como si no hubiera un mañana. Sin embargo, como investigadora científica no podía dejar de pensar en la lágrima que la había curado. En su mente no había milagro. Ese líquido era un compuesto químico que podía ser replicado. Si se hiciera con una muestra podría descifrar su fórmula, copiarla, producirla en masa y con ella erradicar toda enfermedad de la faz de la tierra.

Vivir alocadamente o darle esperanza a los enfermos, se debatía entre esas dos ideas cuando de repente sus ojos se iluminaron y salió corriendo. Dos calles adelante, Mónica se adentró en los oscuros pasillos de una vieja galería. Allí, desde una bifurcación asomó la cabeza para espiar. Al final de ese pasillo colgaba de un cable una vieja bombilla que iluminaba tenuemente el umbral de una puerta. A un lado de la puerta aguardaba una mujer de velo oscuro. Oculta tras la bifurcación, Mónica observaba. Antes de actuar debía corroborar que todo estuviera como lo había dejado.

La puerta se abrió y por allí asomó un muchacho de brazos fuertes, cabeza rapada y labios gruesos que llevaba un armado de maderas y engranajes por pierna izquierda.

—Muchas gracias doctor. Me ha devuelto mi pierna —dijo el muchacho con los ojos humedecidos—. Usted es el único que me ha dado una mano. Le prometo que en cuanto pueda le pagaré.

Desde adentro, una voz masculina le contestó.

—¿Cómo te voy a cobrar por ese engendro? Ojalá pudiera darte una prótesis ortopédica como corresponde . . .—dijo esa voz que de repente se tornó densa y desanimada—. Quisiera darte algo mejor pero el alcalde cortó los presupuestos de salud e investigación científica.

Al oír esa voz, Mónica se ruborizó.

—Yo también estoy así por la crisis económica. La universidad suspendió mi beca y en la desesperación... —dijo el joven, agachó la cabeza y arrepentido murmuró—. Maldita tienda. Maldito alcalde...

«Siguiente», se oyó desde adentro y el muchacho se marchó cojeando feliz sobre su pierna de madera y engranajes. Cabizbaja y silente, la mujer de velo oscuro que aguardaba a un lado de la puerta esperó a que el muchacho se alejara. No quería que la reconociera ya que en su apuro hacia la tienda que sin pierna lo había dejado, ella lo había ignorado al verlo arrastrándose sangrante a metros de la puerta.

La mujer entró sigilosamente y cerró la puerta. Sin nadie más esperando afuera, Mónica, sin saber lo afortunada que era de no haber perdido nada en la tienda, se acercó a espiar por la cerradura.

—Ya estoy contigo —dijo el doctor mientras escribía en su ordenador.

La mujer se quitó el tapado y la capelina, los colgó en el perchero, desplegó su cabello rubio y reveló su corto y florido vestido. El tapado ya no cubría sus estilizadas piernas, ni el velo el parche negro sobre su ojo izquierdo. Distante, el doctor, un hombre alto, ni flaco ni gordo, de cabello castaño corto, cejas gruesas y semblante serio, observaba un cultivo con el microscopio. Concentrado en su investigación, el doctor no había reparado en la mujer, así que ella se paró frente a su escritorio con las manos cruzadas sobre el ombligo y la cara de costado hacia su izquierda para que el parche en el ojo pasara desapercibido.

—¿Qué investiga, doctor?

—La reacción de las células madre ante una variedad de micro radiaciones —contestó el doctor en automático.

—¿Las células madre también llevan a sus hijitos al colegio?

—¿Ah? —dijo el doctor y alzó la mirada para verla—. Disculpa la tardanza. Siéntate allí, por favor —dijo señalando la silla de examen.

La mujer fue hacia la silla y lentamente se quitó el parche del ojo. El doctor, quedó atónito frente a ella. Cada segundo de silencio la hundía más en su arrepentimiento.

—Lo sabía. Es horrible doctor —sollozó y tapó su ojo faltante con la mano.

—Shhh —dijo el doctor, la tomó por la nuca y con el pulgar recorrió la piel que rellenaba la zona donde faltaba un ojo.

—¿Duele? —preguntó el doctor y presionó con el dedo.

—No.

—¿Y ahora? —dijo y hundió el pulgar tanto como la piel lo permitía.

—Nada.

—Recuéstate, por favor.

El doctor fue a por un ecógrafo portátil, apoyó su sensor sobre el ojo faltante y en silencio lo movió alrededor de la zona observando atentamente la imagen desde la pantalla.

—Increíble . . .

—Preferiría que lo conmoviera mi figura, doctor, pero estoy arruinada, los hombres ya no me … ¿doctor? ¿Doctor?

El doctor, como si no la oyera, estudiaba esa pantalla

embelesado por un misterio que desafiaba su mente. Minutos más tarde, guardó el ecógrafo y anonadado se dirigió a su paciente.

—No hay evidencia de incisiones, cortes, o daños en la zona. Si no te hubiera visto antes, juraría que jamás has tenido ese ojo. ¿Cómo ha ocurrido?

—Bebí un liquidillo en una tienda.

—¿Una tienda con puerta de acero, sin timbre ni portero? —preguntó ofuscado el doctor—. Es la tercera vez que me la menciona un paciente que viene con algo raro. ¿Qué pasa en esa tienda? ¿A qué has ido allí?

—Me llegó una invitación, Doctor —dijo la mujer y se puso seria—. No me pregunte por qué he ido. Usted no entendería los sentimientos de una mujer acuciada por su reloj biológico.

Al doctor no le gustó la petición. Necesitaba saber qué había en esa tienda. Necesitaba saber cómo removía ojos y piernas al instante y sin dejar huellas. Su urgencia por investigar lo alteraba, pero no podía hacerlo en ese momento ya que por juramento cuidar a sus pacientes era su prioridad.

—Tomaré una muestra de tejido —dijo el doctor, aún exasperado pero con ganas de ayudar.

—¿Puede hacer algo doctor?

—Puedo investigar.

Mientras el doctor extraía una muestra de tejido, ella confesó. —Por eso vine aquí doctor. Usted no es como los otros. Sabía que no me iba a decir cosas como: no hay solución o ¿qué quiere que haga? ¿que le ponga un ojo nuevo? Con su pasión y su inventiva, hasta quizá pueda ayudarme con esto.

El doctor puso cara fea.

—¿Qué pasa doctor?

—Cuando me elogian tanto es porque no quieren pagar.

Ella se largó a reír. Él también. La risa alivió las tensiones, pero las preguntas seguían allí.

—No hay píldora que haga crecer un ojo, pero quizá pueda

cultivar uno nuevo. Averiguaré entre mis colegas.

—¿Cultivar?

—Técnicamente, no hay nada que lo impida. No es más que alimentar células y desencadenar procesos específicos del ADN.

De repente se abrió la puerta y Mónica irrumpió en escena.

—Olvídalo. No necesitamos cultivos ni investigaciones. Necesitamos hacernos con una muestra de lo que sea con que me han curado.

—¿Mónica? —dijo el doctor sorprendido al verla.

El doctor, fascinado e intrigado a la vez, no podía creer lo que veía. Mónica no solo parecía curada, sino rejuvenecida. Así que se acercó a su vieja amiga, la abrazó con fuerza y le dio un largo beso en la frente, un beso que gritaba «no sabes cuanto te he extrañado». Mónica suspiró al sentir el calor de su ex compañero y antes de que pudiera decir nada, él sacó una linterna del bolsillo y con ella se abocó a examinar su rostro. Ciencia y medicina, ese era el lenguaje que los unía. Examinarla era casi como decirle que la quería.

—Tu rostro se ve terso, sin ojeras, ni manchas, ni palidez. El fondo de ojo está claro. Tus pupilas normales —dijo el doctor asombrado.

—¿Qué lágrima has bebido? —preguntó la rubia a quien le faltaba un ojo.

—La cura de todos los males, ¿tú?

—Belleza infinita.

—Entonces lo del precio dos era verdad.

—Si, y tú eres de esos uno de cada quince que obtiene lo que quiere.

—Podemos obtenerlo todos si nos hacemos con una muestra y la replicamos en el laboratorio —dijo el doctor, se quitó el delantal, se puso una gabardina clara y se predispuso a salir.

—A eso vine. La tienda está frente al parque. Si copiamos la fórmula podemos curarla a ella y a todos los enfermos del mundo.

—Cuenten conmigo —dijo un gordito retacón que entró al consultorio y pronto se quitó la camisa—. Mientras tanto, Doc, ¿tiene algo para esto? —dijo señalando su esternón donde sobre una quemadura tenía la herida de haberse clavado un vidrio.

El gordito cuarentón era Rinaldo, el mismo a quien Malena vio pelear contra su jefe en la puerta del Ferardian y quien le dejó un regalito a Lando en el baño.

—¿Usted no es Rinaldo? ¿El de PinoTube? —preguntó la rubia —. Usted es el héroe que salvó a cinco personas en el accidente del otro día.

—El mismo que viste y calza. Ni bien el doc me de una cremita los acompaño, pero doc, no creo que pueda copiar las lágrimas. Eso no es ciencia, es pura magia.

—Nada de magia. Tiene que ser una especie de ADN instantáneo.

—100% —dijo Mónica—. Los síntomas lo confirman. Cura inmediata sin efectos colaterales. Por el estrés fisiológico, he adelgazado unos siete kilos en media hora. Me ha dado fiebre alta y hambre atroz. No hay dudas. Esa poción fuerza el ADN, lo acelera y al hacerlo consume una cantidad industrial de calorías.

—¿Ha dolido?

—Por media hora, ha sido una tortura. Sudé mares, me temblaba todo el cuerpo y sentía como que moría.

—Yo casi no he sentido dolor —dijo la rubia.

—Desintegrar cuesta menos que crear de la nada—dijo el doctor—. Si lo que bebió Mónica te hiciera crecer el ojo pasarías por algo parecido.

Mientras los demás intercambiaban información, el doctor fue hacia al refrigerador, hizo a un lado unas muestras, abrió una caja repleta de viales, quitó un falso fondo y de allí sacó un revólver. Luego buscó a tientas sobre la estantería más alta y tomó una barreta. Acto seguido tomó un bisturí largo como un estilete del hornito de herramientas esterilizadas y lo guardó en un bolsillo interno de su delantal. También tomó unos viales vacíos que guardo en el bolsillo superior junto a una crema y una tableta de pastillas verdes.

—Tanto para curar como para destruir, el valor de esas lágrimas es incalculable —dijo el doctor mientras comprobaba el barril del revólver y cargaba balas en la recámara—. No nos van a dar una muestra por las buenas, debemos tomarla por la fuerza.

Mónica asintió y agregó —Lo que hemos bebido es biotecnología de punta. —dijo y volteó a mirarlos a los tres —. Bastará una muestra para replicar la fórmula y con eso libraremos a la humanidad de la enfermedad, la vejez y el sufrimiento.

Tras esas palabras, los cuatro comprendieron cuán importante era el asunto y, sin decirlo, se comprometieron a conseguir esas muestras. A balazos si fuera necesario.

CAPÍTULO 13

No había tiempo que perder, tras la puerta de acero los esperaba la clave para acabar por siempre con toda enfermedad. Frente a la sospechosa tienda de milagros, cansados de llamar y no ser atendidos, el doctor, Mónica, Rinaldo y Melisa, en nombre de sus nobles intenciones abrazaron el vandalismo.

El doctor calzó la barreta entre las hojas de la puerta. Con un pie contra la pared, arqueado hacia atrás con el cuello estirado y en vena, el doctor rugía mientras tiraba de esa barreta. Sus brazos se hinchaban, su cuerpo vibraba, el doctor lo daba todo pero las hojas de la puerta no se separaban.

Frente a la entrada, Rinaldo retrocedió unos diez metros para tomar carrera, se agachó, corrió hacia la puerta y con el hombro le dio un topetazo. El golpe sacudió las hojas de acero y se hizo eco en el interior de la tienda, pero la puerta no cedió ni un centímetro. Mónica, seria y de brazos cruzados, observaba los vanos intentos mientras Melisa revisaba su móvil.

Agitados luego de diez minutos de ardua e infructuosa faena, Rinaldo y el doctor, apoyados contra la puerta, se detuvieron a descansar.

—¿Y si probamos con los vidrios? —dijo Rinaldo.

—Bien. Déjamelo a mí —dijo el doctor y sacó el revólver.

—Espera, guarda el arma —dijo Rinaldo en alerta.

—¿Qué es eso? —preguntó Mónica señalando hacia la

esquina.

En la esquina señalada aparcó un patrullero. De ahí bajaron dos policías que a toda prisa abrieron el baúl de la patrulla, sacaron cuatro vallas blancas plegables, con ellas cercaron la avenida y tras ellas se apostaron. Al ver el despliegue policial, el doctor y Rinaldo escondieron arma y barreta y disimuladamente se alejaron de la puerta.

Desde allí observaron cómo una decena de patrulleros llegaban a reforzar el cerco a ambos lados de la esquina, dejando libre el paso por la avenida, Desde la misma y a lo lejos se aproximaba el convulsionado sonido de una muchedumbre. Tras las vallas, los oficiales inquietos se comunicaban por la radio y vigilaban en todas direcciones.

El doctor, Rinaldo, Melisa y Mónica se miraron convencidos de que era demasiado despliegue para un intento de forzar una puerta. Entonces, curiosos caminaron hacia la esquina a ver qué ocurría. Allí, tres policías desviaban el tránsito cuando sobre ellos se desató una lluvia de piedras. Los policías fueron a por sus escudos mientras el doctor y sus secuaces corrían a guarecerse bajo el umbral de un edificio. Desde allí observaron a unos cincuenta encapuchados enfrentar a la policía. Violentos agitadores que a la carrera pateaban las vallas, provocaban a los oficiales con gestos obscenos, sacudían en manada los patrulleros y les arrojaban cuanto objeto contundente encontraban en el suelo.

Tras los agitadores asomó un flaco de overol verde y casco amarillo que megáfono en mano dirigía unas quince filas de trabajadores indignados. Hombres de espalda ancha, barbudos y barrigones que mientras marchaban gritaban alternadamente: «devuelvan el trabajo», «aserradores unidos» y «muerte a Tovacelli».

—¿Qué pasa? —preguntó Mónica asustada—. ¿Porqué quieren linchar a Atilio?

—¿Hoy es primero de Julio? —preguntó Rinaldo.

—Si, ¿porqué? —contestó el doctor.

—La marcha general. Todos los sindicatos iban a protestar a la alcaldía.

—Pero la alcaldía está en la dirección opuesta.

—Entonces no van a la alcaldía. Van directo a por Tovacelli.

—Pero ¿por qué? —preguntó Mónica sorprendida.

—Es que el alcalde nos ha vendido. Ha regalado nuestros recursos y destruido la industria. Los perjudicados no se iban a quedar quietos sin decir nada.

—¿Y por eso lo quieren linchar?

—Calla Mónica —dijo Melisa—, que minutos atrás nosotros violentábamos la puerta de la tienda.

Luego de eso, observaron en silencio como un par de miles de manifestantes pasaban por la esquina gritando mientras agitaban pancartas y banderas.

—¿Cómo se han quedado tantos sin empleo? —preguntó Mónica absorta—. ¿No pueden conseguir otro y ya?

—El alcalde ha recargado de impuestos a las empresas locales mientras que en Guardia Norte dan facilidades para instalarse. Ya se han ido la constructora, el aeropuerto, la fábrica de autopartes y la embotelladora —dijo Rinaldo airadamente—. Además, el alcalde también cambió las regulaciones al combustible y a la energía. Por eso hay desabastecimiento y la compañía eléctrica amenaza con despidos y apagones.

—No entiendo, ¿por qué iba a hacer eso Atilio? Si ni siquiera es político.

—Yo tampoco entiendo, de repente todo el mundo dice que es el alcalde.

—No sabía que estábamos así, pero ¿por qué van a ir a su casa?

—No cayó bien que en medio de semejante crisis el alcalde se haya mudado de su viejo monoambiente a una mansión con lago privado.

—¿De qué están hablando? —preguntó el doctor mientras buscaba una oportunidad para meterse en la tienda—. ¿Qué importa una protesta, un alcalde o una ciudad? ¡Estamos aquí para salvar al mundo de la enfermedad!

—¿Están seguros de que pueden hacerlo? —preguntó Melisa.

—Mírala a ella —dijo Rinaldo y señaló a Mónica—. ¿Recuerdas cómo estaba?

—Antes del accidente, investigue sobre la potencial aceleración del ADN. Si consiguiera una muestra de la cura de todos los males podría replicarla. Una medicina que te haría crecer de nuevo ese ojo —dijo Mónica señalando el ojo de Melisa.

—Las lágrimas están ahí dentro —dijo el doctor.

—Equipo Curie —dijo Mónica y extendió su puño cerrado hacia el doctor.

—Como en los viejos tiempos —dijo el doctor y chocó su puño contra el de ella.

Equipo Curie era el nombre de su equipo en las olimpíadas de ciencias en preparatoria, el de su grupo de trabajo en la universidad y el nombre bajo el que su equipo de investigación publicaba sus papers. Un nombre, un llamador de sueños, un mantra que los inspiraba a perseguir cualquier hazaña.

Frente a ellos, la policía detuvo a un muchacho visiblemente alcoholizado que intentaba atravesar el cerco policial con el coche. Mónica fijó la mirada en ese automóvil. Una coupé azul con franjas blancas. Una Chevinet del ochenta y dos, armatoste viejo de metal puro y duro igual al que su padre solía lustrar con esmero los domingos por la mañana.

Tras quince minutos, la manifestación había cruzado la avenida y de la marcha solo quedaba un desastre de vidrios rotos y basura al viento. Los policías recibieron la orden de reunir todas las unidades frente a la nueva mansión del alcalde, levantaron el cerco y con la sirena a todo volumen partieron en auxilio de Tovacelli. Con las calles despejadas, Rinaldo y el doctor fueron a por los oscuros vidrios de la tienda. Les dispararon, les dieron de barretazos, pedradas y patadas, pero los vidrios ni se enteraban.

El tiempo transcurría, la tienda no se abría y Mónica se impacientaba. En busca de distracción, quedó prendada de la desértica imagen que la rodeaba. Embelesada, bajó el cordón de la acera y se paró en medio de la avenida. Allí alzó la mirada hacia el horizonte y, hasta donde le daba la vista, no se veían ni coches ni personas, solo cinco carriles vacíos desde sus zapatos hasta donde el sol se ponía. En inesperada soledad, presa de la nostalgia, Mónica se acercó a la coupé Chevinet del ochenta y dos, recorrió su fría carrocería con el dedo y sonrió al encontrar la puerta sin seguro.

—Puerta de acero. Vidrio templado, ¿qué hacemos? —preguntaba agitado el doctor frente a la tienda cuando un doble bocinazo lo hizo voltear hacia la calle.

—Muévanse —gritó Mónica desde la coupé mientras la estática aceleración de sus ruedas levantaba humo del pavimento.

Mónica aceleró a fondo y ante su arremetida el doctor y Rinaldo se arrojaron hacia los costados. La Chevinet dio un salto al chocar las ruedas contra el cordón de la acera, en el aire, Mónica abrió la puerta y se arrojó hacia un costado, la coupé impactó de lleno incrustándose en la puerta y el doctor se lanzó hacia Mónica, la tomó al vuelo por la cintura y ella con un brazo se sujetó a sus hombros. El doctor aterrizó y por el envión trastabilló hasta chocar de espaldas contra un árbol. En su cantero ambos cayeron abrazados y en el suelo mismo se besaron.

—No todo es trabajo —dijo Mónica cachonda y salvaje.

El doctor, aún mareado, la besó de nuevo y al despegar sus labios, sarcástico la reprendió.

—¿Así cuidas ese cuerpo nuevo que has obtenido de milagro?

—Levántate, que ya he abierto la puerta —dijo Mónica levantándose primero y ofreciendo la mano para levantar a su colega.

La trompa del coche ahuecó la puerta. Rinaldo trepó sobre el vehículo y parado en su capó empujó una de las hojas de acero hacia adentro hasta abrirla lo suficiente como para entrar.

—Ya dejen de coquetear —dijo Rinaldo fastidiado—. Me recuerdan que a mi esposa le vendría bien que la curen como a Mónica.

—¿Está enferma su mujer?

—A tope.

—¿Qué tiene?

—Sobrepeso, mal humor y regaña los trescientos sesenta y cinco días del año.

—Rinaldo —dijo el doctor sobre el capó y posó una mano sobre el hombro de Rinaldo—. Nada de eso tiene cura.

—No me mate la esperanza, doctor. Dígame que con las muestras va a hacer una lágrima que deje a mi mujer como a su novia.

—Si su mujer quedara así de buena —dijo el doctor y miró detenidamente de arriba a abajo a su compañera—. ¿Cómo va a hacer para que se quede con usted?

—Sin milagros no hay manera, doctor. No hay manera.

Ya dentro de la tienda, el doctor encendió las luces para encontrarse con un revuelto de troncos volteados, cajas rotas y botellas. Claros signos de que la tienda había sido abandonada.

—Gori, Gori —llamó Mónica.

—Esto está abandonado. ¿Quién es Gori? —preguntó Rinaldo.

—El hombre que atiende.

—Que atendía.

El doctor se dirigió hacia una puerta angosta en el fondo. Tras la puerta había una sala grande con cama, cocina y espacio de depósito. A un lado de la cama colgaban en fila tres conjuntos de camisas blancas y pantalones negros con tiradores. A la derecha, una alacena llena con comida enlatada, de la normal y para animales. Sobre la mesa de la cocina, una caja repleta de calmantes, analgésicos y pastillas para dormir. Al lado de la caja, revistas viejas en una lengua que el doctor desconocía.

—No creo que se haya ido —dijo Rinaldo con la cabeza dentro del refrigerador—. Esto está a tope de comida —dijo y sacó una paleta de helado que pronto se llevó a la boca.

El doctor no hablaba, solo revolvía ávidamente las estanterías. Buscaba frasquitos, viales, muestras o cualquier cosa útil para la investigación. Nada. Entonces se dirigió a una bolsa de basura negra, gruesa y alta hasta su cintura, la volcó y de allí salieron latas de comida, potes de yogur, restos de pollo, relleno de telgopor y pequeñas cajas blancas. Mucho relleno granulado y muchas cajas blancas. Dentro de cada caja, una decena de tubos viales vacíos.

—Que raro. Así no son los frascos de las lágrimas —dijo Melisa de pie frente al doctor.

—Parecen tubos de ensayo. Las lágrimas vienen en un frasco chico como de muestra de perfume caro —dijo Rinaldo ilustrando el tamaño del frasquito con los dedos.

El doctor les creyó con la mirada y concentrado hurgó minuciosamente las pequeñas cajas blancas. Laboratorios Perfecto decía la etiqueta en cada caja. Esperanzado, el doctor buscó Laboratorios Perfecto con su móvil. Nada. Luego separó las cajas, eran unas veinte. Con paciencia las revisó metódicamente una por una. Nada. Luego separó los viales y los estudió en busca de residuales. Nada.

—¡Mierda! —gritó y revoleó un manojo de viales contra la pared—. Necesito una muestra. ¿Quién diablos es Laboratorios Perfecto? ¿Por qué nadie los conoce?

Mónica agarró la bolsa de basura por la base y la arrastró hacia atrás para esparcir el contenido del fondo sobre el piso. En silencio, los cuatro se agacharon a separar basura en busca de viales, recibos o cualquier otro indicio. Allí, Mónica encontró una carpeta y al abrirla, en la primera página estaban la foto y el nombre de su hermana. En la misma página, tres personas más a las que no conocía, tres rostros cruzados por una X roja. En la segunda página encontró a Rinaldo, también cruzado por una X. Al verse, Rinaldo le quitó la carpeta de las manos, la llevó a la mesa y sobre esta desplegó las diez hojas una al lado de la otra para verlas todas juntas.

—Alberto —dijo el doctor ante la foto del chico al que le faltaba una pierna—, y Melisa.

—Y ese es el chico del mercadito —dijo Rinaldo con el dedo índice sobre la foto de Leonardo, el cabeza de huevo.

—Esa es la señora Laval y ese es Don Rocino, ambos fallecidos hace unas dos semanas. ¿Y esa no es la reportera del canal seis? —preguntó Melisa.

—Yo no estoy —dijo Mónica.

—Quizá tú no estabas en sus planes —dijo el doctor.

—Atilio sí está —señaló Mónica con el dedo.

—¿Tovacelli? ¿Habrá tomado algo para hacerse alcalde instantáneo? —preguntó Rinaldo asombrado.

—Esto huele muy mal —dijo el doctor.

—¿Lágrima para ser alcalde? No recuerdo lágrimas tan específicas —dijo Melisa.

—¿Qué había cuando fuiste, Rinaldo? —preguntó el doctor.

—Solo la que bebí. La del coraje insoslayable. No sabía que había de varios gustos.

—Yo vi lágrimas de inteligencia y de destreza —dijo Melisa.

—Cuando fui, Gori me ofreció... —dijo Mónica y se detuvo a recordar—. Sólo recuerdo la que bebí, la cura de todos los males, pero había varias.

—Lo estamos pensando mal —dijo el doctor—. Las lágrimas no son el problema, esto es un experimento ilegal. Los sujetos de prueba están sobre la mesa, con foto, nombre y apellido. Sin embargo ...—dijo y se puso a voltear las páginas con las fotos como buscando algo—. Falta la hoja de seguimiento.

—No hace falta hoja de seguimiento —dijo Mónica con sumo enfado—. El organismo, el experimento, es Pino Alto.

—Es verdad. Desde que abrió esta tienda, Pino Alto se vino abajo como nunca —dijo Rinaldo asombrado.

Pensantes, todos asintieron. La situación había cambiado por completo. Los individuos desesperados por recuperar lo perdido y los héroes altruistas ahora tenían un enemigo. Un operador desconocido que desde las sombras los observaba y tiraba de sus hilos.

—No es casual que esta tienda esté protegida con acero y vidrio reforzado —pensó el doctor en voz alta.

—Llevaron la ciudad a la quiebra y regalaron los recursos. No hay duda, la tienda viene de Guardia Norte. Allí ha ido todo nuestro capital —dijo Rinaldo.

—Laboratorios Perfecto ha de ser una organización secreta. Por eso no hay rastro de ellos —dijo el doctor.

—¿Estoy en peligro? ¿Vendrán a por mí? —preguntó Melisa aterrada.

—Más bien creo que te observan sin que te enteres. Como en un experimento —dijo el doctor rascándose la barbilla—. Si no han ido a por ti hasta ahora, ya no creo que lo hagan. Laboratorios Perfecto es nuestra única pista. Averiguaré con unos colegas que conocen de investigaciones secretas.

—O quizá estén por aquí todavía. Mónica, ¿sabes dónde vive o qué coche conduce Goran? —preguntó Melisa.

—Estaba aquí esta mañana. No creo que haya ido muy lejos. —dijo Mónica.

—Tampoco hay combustible, ni transporte. Aún ha de andar por aquí —dijo Rinaldo.

—Busquémoslo —dijo el doctor.

Luego de que Mónica describiera detalladamente a Goran, el equipo acordó dónde buscará cada uno, al salir de la tienda, mientras coordinaban el reencuentro en el consultorio del doctor, un niño de unos diez años en traje de marinerito se paró frente a Melisa y le entregó un sobre. El mensaje la dejó atónita.

—¿Qué dice? —preguntó el doctor.

Silencio.

El doctor intentó quitarle el papel de la mano, Melisa no lo permitió y, sin decir palabra, salió corriendo hacia la ruta. Inmediatamente, otro niño en uniforme de marinerito le trajo un sobre a Rinaldo.

—Por Dios, Rinaldo ¿qué dice esa nota?

CAPÍTULO 14

Mientras Mónica y sus secuaces buscaban una muestra de la cura de todos los males, Lando y Malena la buscaban a ella donde menos querían encontrarle, en la mansión del alcalde el día de su linchamiento.

A treinta metros de la entrada a la mansión de Tovacelli, Sonya y Malena desmontaban la moto y la bicicleta, mientras Lando y Leonardo las aparcaban y las aseguraban con cadenas.

—Al fin llegamos —dijo Leonardo sudado tras el pedaleo.

Frente a ellos, un alto y férreo vallado perimetral que rodeaba una curva de seiscientos metros en la ruta. Trescientos metros tras el vallado, los patos sobrevolaban el lago privado dibujando una V en el cielo. Frente al lago había una mansión de dos plantas grande como la casa de gobierno y a su alrededor una vistosa arboleda.

Un elegante enrejado colonial de tres metros de altura protegía la mansión. Los doscientos metros entre el enrejado y la entrada, eran todo parque alrededor de un sendero de coloridos adoquines importados.

—Mira la mansión que se echó el sátrapa de Tovacelli. Con lago privado y todo —dijo Lando fastidiado.

Ante la fastuosa imagen, Leonardo sacudía indignado su ovalada cabeza al pensar que por la crisis que el alcalde había provocado, él y su hermana habían perdido su casa y ahora vivían de polizones en un mercado. Se le hinchaban las venas al ver que Tovacelli se daba la gran vida mientras ellos, acuciados por la crisis, arriesgaron y perdieron manos y orejas en la tienda. Por eso, Leonardo dudaba entre rescatar a Mónica o sumarse al linchamiento y acabar con el alcalde con sus propias manos.

—Mónica ha de estar aquí. Descalza y en camisón es imposible que nadie la haya visto en el centro —dijo Malena y resopló—. Justo hoy tenía que venir con Tovacelli.

Malena sólo quería irse de Pino Alto de una vez. Sin embargo, se sentía culpable de haber incitado a su hermana a abandonar su casa tal como lo hizo ella.

No solo estaba lejos la mansión, sino que treinta metros adelante el portón de entrada era un hervidero. Camiones repletos de enervados manifestantes llegaban uno tras otro, los manifestantes bajaban de los camiones y corrían hacia la entrada de la mansión para sumarse a las quinientas personas que agitaban pancartas y amenazantes insultaban al alcalde a gritos mientras sacudían violentamente el portón.

Víctimas de la crisis, los enardecidos manifestantes se rebelaban contra las medidas del alcalde y reclamaban su sangre. En su fervor, los alborotados manifestantes forzaron una angosta brecha en el portón y por allí comenzaron a escurrirse para entrar a la mansión, pero la brecha era muy angosta y ajustada, así que solo podían escurrirse lenta y dolorosamente de a uno por vez.

—¿Cómo llegamos a esto? —preguntó Malena horrorizada.

—¿Cómo llegamos hasta allá? —preguntó Lando señalando la lejana mansión.

—Esto es peligroso. No llegaremos antes de que linchen a Tovacelli y si Mónica está con él, la van a linchar a ella también.

Los muchachos se miraron entre ellos y luego temerosos miraron hacia la alborotada multitud que se abultaba y se comprimía en un feroz forcejeo por entrar a la mansión. Mientras Malena, Leonardo y Sonya observaban aterrados, Lando se replanteaba su situación. Su objetivo era cambiar su vida y su destino, dejar atrás los esfuerzos infructuosos, recibir tanto como daba, obtener lo que merecía y disfrutar a pleno su vida. Sin embargo, meterse en un linchamiento, esforzarse por rescatar a Mónica solo por Malena, quien probablemente lo dejaría al salir de Pino Alto, contradecía el sentido de su anhelada nueva vida. En ese momento, en silencio Lando se redefinía. *Para cambiar hay que rebelarse*, pensó, tragó saliva, respiró profundamente y tomó a Malena de la mano.

—No hay tiempo que perder —dijo Lando y se la llevó directo hacia la entrada.

Los hermanos los siguieron.

Más y más manifestantes se sumaban a la protesta. La brecha del portón de a poco se ensanchaba y a medida que ingresaban, el parque les quedaba cada vez más chico. Tras el enrejado que rodeaba a la mansión, la multitud apedreaba a los policías mientras del otro lado una docena de perros ladraban enloquecidos delante de unos veinte oficiales que tras sus escudos, rodilla en tierra y fusil en mano, apuntaban contra la centena de manifestantes que empujaban, sacudían y se colgaban de las rejas.

Ebullía la multitud y a pasos de la entrada, Lando, Malena, Sonya y Leonardo, tomados de las manos en cadena, avanzaron estrujándose entre el embudo de cientos de camioneros y trabajadores ferroviarios que con sus imponentes físicos aplastaban las caras de Malena y Sonya contra sus sudadas barrigas, pechos y espaldas.

Cuanto más se escurrían, cuanto más se acercaban al portón, más se comprimían sus cuerpos, más se impregnaba el olor a alcohólico sudado en sus narices y menos avanzaban. Atrapados en el atolladero, apenas podían moverse o respirar. Lando y Leonardo, desesperados y al borde de la asfixia, metían hombro y cabeza como cuñas para abrirse paso a empujones tirando de Sonya y Malena tanto como podían.

Adentro, en la rama de un sauce a un costado del portón se sentaba un hombre de overol verde hasta el cuello. Sebastian decía la etiqueta en su pecho y él, megáfono en mano, animaba a los manifestantes a desquitarse.

—Basta de temer por nuestros trabajos, basta de vivir de carroña. Es hora de hacer justicia. Dignidad para Pino Alto y muerte a Tovacelli —exaltó Sebastian y la multitud se proclamó: «¡Muerte! Sal de ahí Tovacelli. Da la cara, traidor».

La incitación que provocaba infundía en Sebastian una sensación de poder que a fuego lento se apoderaba de él. En ese momento, Sebastian no se sentía un trabajador indignado sino un líder reivindicado. Un líder con sed de sangre. Por eso, Sebastian abandonó su puesto en la entrada para alentar con su megáfono a quienes se amontonaban contra el enrejado frente a la mansión.

El problema era que por más que lo desafiaran, Tovacelli no daba la cara. Por eso, la montonera se sentía ignorada y enfurecida se abalanzaba contra el enrejado. Algunos saltaban las rejas y los perros sobre ellos se arrojaban mientras los policías disparaban a quienes los perros no atrapaban.

—Nos disparan a nosotros, al pueblo —acusaba Sebastian desde el megáfono—, pero no les tenemos miedo. Seguiremos yendo. Cuando se queden sin balas los vamos a machacar igual que a Tovacelli.

Las rejas apenas resistían. Los manifestantes trepaban unos sobre otros para saltar al otro lado y, cuando sus torsos superaban la altura de las rejas, quirúrgicos balazos de fogueo los derribaban. Los derribados caían sobre quienes trepaban, quienes a su vez perdían el equilibrio y desataban la avalancha. Los caídos quedaban tendidos en medio del alboroto y quienes no lograban levantarse eran pisoteados hasta hacerse uno con el suelo.

Ya en el predio de la mansión, Malena, Lando, Leonardo y Sonya observaban atónitos desde un costado a unos cincuenta metros de la masacre.

—¿Cómo vamos a meternos ahí? ¿Cómo sacamos a Mónica? Dios mío, la van a linchar a ella también —dijo Malena prendada del brazo de Lando.

—No podemos —contestó Lando mientras observaba preocupado los alrededores.

—Pero la van a matar.

—Allá —dijo Lando y señaló un árbol alto y frondoso cuyas gruesas ramas se acercaban a las ventanas del piso superior de la mansión.

—¿Qué?

—Ese árbol. Nos subimos a esa rama alta que da a la mansión y espiamos desde allí. Si vemos a Mónica, le hacemos señas de que salga por atrás.

—Buena idea —dijo Malena y hacia el árbol se dirigieron. Mientras Malena y Lando trepaban el árbol, Sebastian incitaba a la muchedumbre.

—¿Por qué regalaste nuestras minas? ¿Por qué regalaste nuestro combustible? No hay trabajo Tovacelli. Aumentaron todos los precios. Escasea la comida. Le estás quitando el pan de la boca a nuestros hijos. Deja ya de esconderte. Enfréntate al pueblo, cobarde, corrupto, vendepatria.

Llegaron más manifestantes y frente al enrejado ya había más de mil. Manifestantes cuyos ojos se desorbitaban de ira al oír las arengas de Sebastian quien encendido y envalentonado se dejaba la piel en el megáfono.

—Quebraste la compañía eléctrica, Tovacelli. Decías que ibas a modernizar las torres y hoy tenemos apagones y bajadas de tensión todos los días. Los refrigeradores se rompen, la gente no tiene con qué comprar uno nuevo y se les pudre la comida. No hay dinero en los cajeros automáticos. Las tarjetas declinan las compras y hace una semana que los bancos están de feriado. Da la cara, Tovacelli, ven y muestra tu sonrisita de afiche de una vez. ¿Hasta cuándo vas a seguir escondiéndote?

Miles de manifestantes alzaron el puño para maldecir al alcalde. Los trabajadores lo sabían, si no peleaban por lo suyo, el gobierno se los comería. Sin otra alternativa, solo quedaba rebelarse y pelear. Estaba claro, era o ellos o el alcalde.

Pese a la infernal batahola, Tovacelli no salía. El ánimo no mejoraba y Sebastian, amo y señor del descomunal alboroto, abstraído de la tensión del momento, lo vio claro y raspó el micrófono del megáfono con una moneda para causar el chirriante sonido de interferencia.

La multitud de repente se detuvo e hizo silencio encogiendo los hombros y frunciendo sus rostros ante el agudo y penetrante chirrido. Entonces, aturdida la multitud volteó a verlo y Sebastian se sintió el centro del universo.

—Cambio de planes —gritó Sebastian—. Nos están inflando a balazos. Así no podremos pasar el enrejado. Retrocedan. Busquen piedras y objetos contundentes, como los adoquines ornamentales alrededor del caminito a lo largo del parque. Junten y esperen mi señal, así lo arrojamos todo junto contra perros y policías hasta que retrocedan. Así, unidos y organizados, mientras unos apedrean, el resto salta las rejas y se encarga de ellos.

Tras oír el plan, los manifestantes se dispersaron y en minutos desmantelaron el sendero de elegantes piedras importadas desde el enrejado hasta la entrada. Redondeadas, coloridas y contundentes piedras importadas que entre todos apilaron frente a las rejas junto a los restos de un carrito corta césped.

—Abran paso a los paramédicos para que socorran a heridos y desmayados. Ayuden a llevarlos a un costado para atenderlos

—indicó Sebastian efusivo y un camino se abrió hacia la ambulancia—. Trabajadores, unidos y organizados, esta misma tarde, a Tovacelli lo linchamos.

A casi cuatro metros de altura, Lando, se arrastraba cuidadosamente sobre la gruesa rama de un árbol en busca de una mejor vista a la mansión.

—Están en el primer piso —dijo Lando en voz baja.

—¿Dónde? —preguntó Malena acercándose.

—Quédate ahí —ordenó Lando nervioso—. Si te acercas se quiebra la rama y caemos muertos los dos.

—Pero si yo no peso nada.

—Mira hacia abajo. Estamos más alto que el techo de tu casa, ¿quieres saltar a ver como termina la caída?

—Está bien, regreso —dijo Malena y retrocedió—. ¿Ves a Mónica?

—Veo a Tovacelli en un jacuzzi gigante con dos mujeres. Ahí llegó una tercera. Ríen, chapotean y se salpican entre ellos. Un mayordomo les lleva tragos en una bandeja.

—¿Y Mónica?

—Ninguna de ellas parece Mónica.

—¿Cómo pueden estar tranquilos y de fiesta con el lío que hay abajo? ¿Seguro que Mónica no anda por ahí?

—No veo a Mónica. Solo tres chicas y Tovacelli.

—¿Dónde demonios está entonces?

—Cualquier lugar es mejor que aquí.

Un problema menos, pensó Malena, pero ¿dónde estaba Mónica?, se preguntaba suplicando que no hubiera muerto. Preocupada miró hacia abajo y advirtió un nuevo problema, no era buena idea bajar del árbol justo cuando la multitud se preparaba para la batalla final. Aunque quizá, si lograran linchar a Tovacelli, volverían atrás sus medidas, se levantaría la huelga del aeropuerto y al fin podría volar a Francia. Si encontraba primero a su hermana, y si lograba salir de la mansión con vida.

Abajo, los manifestantes habían devastado la propiedad. Cada piedra y tronco decorativo, cada grifo, cada aspersor, silla, mesa y artefacto del parque yacía desguazado para munición en enormes pilas frente al enrejado. Mientras tanto, Sebastian no le daba respiro a su megáfono.

—Trabajadores, miren a su alrededor. Miren la impresionante mansión que Tovacelli compró con nuestro dinero. Por si todo esto fuera poco, también se acaba de comprar un yate. Sin mencionar la fortuna que gasta en su campaña para gobernador. Él ha arrojado la primera piedra. Hoy nosotros arrojaremos la última. Levanten las piedras. A mi señal, compañeros. Primera andanada en tres, dos, uno. ¡Muerte a Tovacelli!

La orden desató una lluvia de piedras que cayó cual torrencial granizada sobre las tejas, los vidrios y los escudos de los policías. Dos perros caídos aullaban de dolor con sus espaldas aplastadas a pedradas. Cinco Oficiales asustados rompieron filas y corrieron hacia la mansión en busca de resguardo, tres de ellos olvidaron cubrirse con el escudo. Una piedra ornamental celeste impactó en la cabeza de uno de ellos, un recluta flaco y largo a la carrera que cayó inconsciente. A un sargento barrigón le dieron en el posterior del muslo derecho y caído se arrastró hacia la mansión mientras un tercero bajo el umbral intentaba socorrerlo, pero las pedradas que aterrizaban a su alrededor lo amedrentaban y solo atinaba a estirar un brazo sin abandonar su resguardo. El resto de los policías mantuvieron su posición agrupándose bajo sus escudos cuál falange de soldados romanos.

Las piedras no paraban de llover sobre la mansión. Los vidrios estallaban y sus astillas se precipitaban a espaldas de los oficiales. Los perros ladraban con amenazante fiereza mientras corrían desenfrenados de punta a punta el enrejado. Los gatos trepaban a los árboles y no bajaban, los patos del lago salían volando espantados mientras las piedras rompían las ventanas y destrozaban el interior de la mansión. Malena y Lando, se guarecían en la copa del árbol, abrazados y temerosos del zumbido de raudas pedradas que en cercano vuelo rasgaban el follaje.

—Ahora compañeros. No pueden cubrirse y disparar a la vez. Esta es nuestra oportunidad, ¡eeeeenntreeeennn! —ordenó Sebastian a garganta viva.

La muchedumbre arremetió contra el enrejado hasta que éste cedió. Unos cinco policías reaccionaron rápido, entraron a la mansión y trancaron desde adentro antes de que los alcanzaran mientras otros cuantos uniformados quedaron fuera a merced de la furia de los manifestantes.

Batalla campal, disparos y desesperación entre oficiales que luchaban por su vida, perros que sobresaltados defendían su terruño y la exacerbada turba que se agolpaba frente a la mansión. Desde adentro y a toda velocidad, los policías bloqueaban con muebles las ventanas y protegían a balazos cada abertura.

—Dá la cara cabrón, o renuncias o te renunciamos —gritaban los enardecidos manifestantes mientras llegaban más camiones cargados con más y más gente que sin dudarlo se sumaba a la trifulca.

El alcalde no salía y los manifestantes impacientes rompían las sillas, mesas y pérgolas de la entrada, las prendían fuego y las arrojaban encendidas contra las ventanas.

La reticencia del alcalde solo echaba más combustible al hervidero. En caótico espacio reducido, la prensa reportaba en vivo los acontecimientos.

De pronto, en el primer piso se abrió el ventanal y un hombre alto de frondosa cabellera y facciones primitivas salió al balcón. Era Tovacelli en chanclas y bata de baño abierta tambaleando borracho contra el barandal. Una pedrada surcó el aire y Tovacelli ladeó el cuello para esquivarla. Entonces ofendido se llevó un megáfono a la boca. Tres chicas en traje de baño lo acompañaban.

—Silencio —gritó arrastrando la e mientras lentamente se torcía hacia un costado. A su lado, una rubia de buena figura lo sostuvo y lo enderezó—. ¿Qué demonios les pasa? No se puede chapotear tranquilo con tanto ruido.

Bastó con esas palabras para que la multitud acallara sus reclamos y expectante detuviera su frenesí.

—Tienen razón. Esto no puede seguir así. Hay que matar a la perra de la alcaldesa. No le alcanzó con hundirnos a todos con sus dos mandatos, sino que le sirvió lo nuestro en bandeja a Guardia Norte y ahora no nos queda nada.

Murmullo generalizado. Los manifestantes se miraban y argumentaban entre ellos. Un instante de duda que el alcalde aprovechó para apuntalar su discurso.

—Claro que no nos podemos quedar de brazos cruzados. Hay que cortarle la cabeza a la responsable. ¿Qué es eso de que ya no hay vino Francés en el supermercado? Esta escasez me tiene harto —rezongó Tovacelli indignado—. ¡Queremos vino Francés en las góndolas, carajo! Alcaldesa, devuélvanos lo que nos ha quitado —dijo y cayó dormido de cara contra la baranda.

El ronquido del alcalde retumbaba por el megáfono mientras abajo, convencidos de que la culpable era la alcaldesa, los manifestantes se planteaban ir a lincharla.

La reportera, una mujer delgada de cabello largo oscuro, vestido ejecutivo corto, piernas largas y cara de piedra, micrófono en mano, observaba incrédula. ¿Cómo podían haber cambiado todos de parecer tan rápido? Algo olía muy mal, pero ¿qué era?

—Esa periodista también tiene la culpa —acusó el alcalde a la reportera con el dedo sin despegar la mejilla de la baranda.

Súbitamente, la turba se cerró alrededor de Alelí, la reportera, y los grandotes del sindicato de camioneros se acercaron tronando puños y cuellos.

—Ustedes no saben lo que sucede. No saben cómo les roban y les quitan su trabajo porque esa periodista nunca les dice nada.

Sonidista y productor se pararon delante de la reportera para protegerla y dos aserradores de mirada asesina los corrieron de en medio con un solo brazo arrojándolos al suelo como si pesaran medio kilo.

—A mi me manda el canal … —dijo la reportera temblando en retroceso hacia el camión de exteriores.

Un grupo de treinta y cinco la rodeó contra la pared del camión asegurándose de que el camarógrafo lo grabara todo.

—Digo lo que me dictan por los audífonos —balbuceó con los hombres ya encima.

—Y al canal lo paga la alcaldesa —gritó Tovacelli y la primera fila de la turba se abalanzó sobre ella.

Un puñetazo que iba directo a su rostro se estrelló de lleno contra el camión y abolló la carrocería. La reportera evitó el golpe dejándose caer sentada y desde el suelo gritó para sobrevivir. ¡La perra alcaldesa! Yo solo quería mantener mi trabajo y mi familia —dijo mientras luchaba por zafarse de los violentos—. Renuncio al canal. Que muera la perra alcaldesa —gritó desesperada y la turba se calmó, pero se quedó frente a ella—. Vayamos a buscar la verdad allí donde nos diga nuestro protector, el gran alcalde Tovacelli. Que todo el mundo vea lo que nos hizo la alcaldesa y que vean lo decididos que estamos a recuperar todo lo que nos ha quitado.

«Siiiii», gritó la turba con los puños en alto.

—Aclarado el tema —dijo la reportera levantándose con el corazón en la boca mientras intentaba recobrar la compostura—. Eso es todo desde la mansión del alcalde. Nos vamos ya mismo a por respuestas y a por la alcaldesa.

Los camioneros asintieron y abrieron camino. Por primera vez en su vida, Alelí había dicho lo contrario de lo que pensaba y con el corazón aún latiendo exaltado se preguntaba cómo podía ser que quienes vinieron a linchar a Tovacelli ahora aceptaran sus órdenes. «Una lágrima para convencer a la gente. Qué calamidad», murmuró cabizbaja mientras la comisura de sus labios derramaba un hilo de sangre.

Desde el balcón, al alcalde le brillaban los ojos ante semejante audiencia y enceguecido se largó a prometer y echar culpas por el megáfono como si no hubiera un mañana. Más prometía, más lo aplaudían y más disparatado se ponía.

—Alelí, ¿le has creído? —preguntó el camarógrafo.

—Ni una palabra. Pero ellos sí.

Malena, quien junto a Lando había aprovechado el cese de hostilidades para bajar del árbol, se acercó a la reportera.

—A ti no te ha convencido, ¿verdad? —preguntó Malena.

—Claro que sí. A por la alcaldesa —dijo Alelí mirándose al espejo mientras arreglaba su maquillaje.

—A mi tampoco me convenció —dijo Sonya desde atrás—. Creo que él también se ha bebido una lágrima.

—¿Tú has bebido una? —preguntó Alelí volteando bruscamente hacia Sonya quien contestó mostrándole los muñones al final de sus antebrazos.

Acto seguido su hermano señaló hacia sus inexistentes orejas.

—¿Ninguno de ustedes ha ganado? —preguntó Alelí, afligida al notar que su suerte no era lo común—. Yo he bebido una para detectar las mentiras y creo que el malparido de Tovacelli se ha bebido una para convencer.

Alelí comenzaba a verlo claro. La historia que debía cubrir no era Tovacelli, ni la crisis, ni las huelgas, ni el linchamiento, sino la tienda de la puerta de acero que al parecer desde las sombras movía los hilos de Pino Alto y jugaba con la vida de sus habitantes como si fuera un experimento. Como si el lema uno de cada quince obtiene lo quiere fuera una excusa para deshacerse de catorce.

—¿Y a nosotros no nos afecta Tovacelli? ¿Será porque nos hemos bebido una lágrima también? —preguntó Leonardo.

—Probablemente, ¿quién sabe?

—Es increíble que toda esta gente que ha venido aquí para matarlo se vaya tan tranquila —dijo Malena.

—Alelí, cámara tres —gritaron desde el camión de exteriores.

Mientras tanto, Tovacelli seguía luciéndose desde el megáfono.

—Y todos lo saben. Todos lo vieron. El gordito ese, Rinaldo, embarazó a la hija del comisario. Por eso se metió en la boda con su cámara y por rencor mintió esa historia sobre corrupción entre las honorables autoridades. También él, que trabaja en el Ferardian para robarnos los impuestos, generó aquel accidente en la avenida y luego se filmó para PinoTube haciéndose el héroe.

Los manifestantes, indignados y ardientes de rabia sacaron los móviles y al unísono dieron pulgar abajo a los videos de Rinaldo. No conformes con esto, también le dejaron virulentos y difamatorios comentarios al grito de «cancelen al gordito».

—¿Quién me falta? —murmuró Tovacelli, pensando a qué enemigo podía darle esta vez,

—Odiamos a la alcaldesa. Odiamos Guardia Norte. Odiamos a Rinaldo —gritó Sebastian arengando a su gente a tomar justicia por mano propia, pero en otra dirección.

Alelí se llevó la mano al oído, escuchó a su productor, miró hacia la ruta y allí vio un grupo de personas corriendo. Por la silueta, uno parecía ser Rinaldo, pero estaba lejos para el golpe de vista, así que sacó la tablet de su cartera y lo buscó con zoom entre las cámaras.

—¡Mónica! —gritó Malena al ver a su hermana en la tablet.

—¿La conoces?

—Es mi hermana.

—¿Qué hace la renombrada investigadora corriendo en la ruta junto a Rinaldo y al doctor Perez Neuman?

—Eso me pregunto.

—¿Dónde,Malena? —preguntó Sonya.

—Allá —contestó Malena señalando la ruta—, pero en la cámara se ve mejor.

—No podemos ir directo. Hay que dar la vuelta hasta la entrada. Ellos corren y nosotros apenas podemos caminar entre tanta gente agolpada —dijo Lando.

—Tiene un parecido, pero esa no puede ser Mónica. Yo la vi esta mañana. Estaba en camisón y apenas podía moverse —dijo Sonya.

—Ha de haber bebido una lágrima para curarse —dijo Lando.

—¿Tú crees? —dijo Malena.

—Claro, ella iba hacia la tienda cuando me la crucé —dijo Sonya.

—Por eso no la encontrábamos —dijo Leonardo.

Mientras Malena, Lando, Leonardo y Sonya deliberaban, un niño moreno vestido de marinerito que al sonreír le faltaba un diente se paró a un lado de Alelí y le jaló la falda un par de veces hasta captar su atención. Cuando esta lo miró, el niño le entregó una nota y sin decir palabra se marchó. Al leer la nota, la reportera miró hacia la ruta, volteó hacia la multitud y se acercó a un veinteañero bajo y regordete que vestía holgada ropa deportiva, gafas oscuras y una gorra naranja. Ya frente a él, cotejó detenidamente su calzado, asintió con la cabeza y desde abajo lanzó un furibundo puñetazo ascendente que le dio de lleno en la mandíbula al muchacho y lo dejó babeando inconsciente en el suelo. Alelí se sentó a su lado, se quitó los tacones, le quitó al baboso durmiente su rojo y reluciente calzado deportivo, se lo calzó y salió hacia la carretera.

Los testigos del incidente se miraban unos a otros sorprendidos. Malena y Lando se acercaron a ver al muchacho cuando del otro lado vieron a un niño en uniforme de marinero entregarle una nota a Leonardo y otra a su hermana, ambos las leyeron al mismo tiempo, se miraron y siguieron los pasos de Alelí.

Mientras sus amigos avanzaban hacia la puerta, Malena y Lando se miraban atónitos, preguntándose qué ocurría.

Mediante la tablet veían como Alelí corría veloz por la ruta estirando piernas y brazos al máximo como un atleta avezado. La reportera parecía correr por su vida y su camarógrafo, con diez kilos de cámara al hombro, intentaba seguirla sin poder igualar su velocidad.

—¿Por qué demonios se largaron a correr por la ruta? —preguntó Malena desquiciada.

Entonces llegó un niño vestido de marinerito a entregarles un sobre a cada uno, dentro de los sobres había una tarjeta que decía «Lágrimas del destino. Fiesta de liquidación por cierre. Los primeros siete en llegar a la señal del kilómetro veintitrés podrán beber el remanente de las lágrimas que funcionan. Concurrir a pie. El uso de cualquier medio de transporte o locomoción descalifica automáticamente».

Malena y Lando leyeron, abollaron y arrojaron al suelo las tarjetas y se miraron con mala cara.

—Por Dios, Mónica. Odio correr —dijo Malena—. Son tres malditos kilómetros. Vamos en la moto.

—Dice que no vale usar medios de transporte.

—Para las lágrimas, pero nosotros vamos a por Mónica.

—Tienes razón —dijo Lando y le arrojó las llaves de la moto.

A Lando le brillaban los ojos. Con lo difícil que es obtener una ventaja en este mundo, que mejor que una para impulsar su nueva vida. A él, a quien nada nunca le ha sido fácil, le llegaba el turno de desquitarse. Lo sabía, podía verlo, nadie las había ganado todavía. Las lágrimas de inteligencia y sabiduría, y el chasquido del amor aún estaban allí y con ellas ya nunca nada ni nadie más lo detendría.

—¿Qué? —preguntó confundida Malena al atrapar las llaves.

—¿No has leído la invitación? Es una carrera por las lágrimas que funcionan. Te veo allá —dijo Lando y salió corriendo.

CAPÍTULO 15

Cegado por la ambición de ayudar a Mónica y al doctor a erradicar todo padecimiento, Rinaldo corrió cuatro kilómetros por la ruta hacia la última oportunidad de hacerse con una muestra. Al llegar, jadeando boquiabierto, se dejó caer.

—¿Es aquí? — preguntó Rinaldo echado de cara al pasto.

—Ahí está el letrero —dijo Mónica señalando el letrero que indicaba el kilómetro veintitrés de la ruta.

Abajo, en el mismo poste, una madera ancha en punta de flecha apuntaba hacia un estrecho sendero de tierra húmeda que se abría paso entre la vegetación. Sobre la madera, una pegatina con la imagen de una lágrima.

También agitado, el doctor estiró los brazos hacia arriba y se dispuso a emprender su camino.

—¿Dónde vas? —preguntó Mónica al ver que el doctor, en lugar de ir hacia el sendero apuntado, bordeaba la ruta siguiendo el follaje.

—Rodearé el pantano.

—¿Por qué? El letrero dice que es por allá.

—A mi no me han enviado una invitación.

—Tampoco te invitaron a la tienda y entraste igual.

El doctor sacudió la cabeza y sonrió.

—Esto es diferente. Una reunión secreta, organizada por una tienda sin nombre, en un pantano al final de un estrecho sendero. Más sospechoso imposible.

—¿Qué piensas hacer?

—Buscaré un camino alternativo, me ocultaré y vigilaré desde allí —dijo el doctor y le mostró el revólver.

—Buena idea. Yo voy a por la muestra y tú me cubres.

—Toma —dijo el doctor, sacó un vial del bolsillo superior de su delantal, se lo arrojó a Mónica y se marchó.

El doctor se alejaba y Mónica contemplaba el vial arrepentida. Luego de dos años sin salir, en lugar de estar de fiesta, iba directo a arriesgar su vida. Parte de ella no quería estar allí. Sin embargo, no tendría otra oportunidad de hacerse con una muestra y sin muestra no había fórmula para acabar con la enfermedad ni para quitarle el monopolio de la salud a las grandes corporaciones farmacéuticas.

—Cuando te levantes sigue la flecha. Nos vemos allá —dijo Mónica a Rinaldo.

—Esperaré a Melisa —dijo Rinaldo, aún tendido en el suelo, con una voz que se fue apagando de a poco al tiempo que se cerraban sus ojos—. La esperaré soñando con una pizza caliente, crocantita y extra queso.

Mónica respiró profundamente para reunir coraje, se internó en el sendero y su silueta desapareció en el camino

Quince minutos más tarde llegaron Lando y Malena. Ya no había nadie alrededor del poste del kilómetro veintitrés. Extenuados por la corrida, sus ojos pedían clemencia, pero sabían que si se sentaban a descansar tardarían en levantarse, así que siguieron la indicación de la flecha de madera y se adentraron en el estrecho sendero.

Bajaba el sol tras Lando y Malena quienes cansinos avanzaban en silencio. Caminaban agachados por el sendero para cubrirse de las ramas salientes y mirar el suelo, atentos a las víboras y sabandijas que esporádicamente se cruzaban en su camino.

—¿Crees que es mi culpa? —preguntó Malena vulnerable y arrepentida.

—¿Culpa de qué?

—Que Mónica haya escapado. No tuve en cuenta su condición y sin querer le mencioné las lágrimas...

—Pues yo en su lugar, si hubiera oído de una cura habría ido a por ella sin pensarlo dos veces y si se ha curado como parece, pues más que culpa tienes su agradecimiento.

Malena sonrió y con los ojos grandes a medio llorar lo tomó del brazo y apoyó la cabeza sobre su hombro.

—¿De verdad crees que se haya curado? —preguntó Malena con escepticismo en la voz e ilusión en la mirada —. ¿De verdad crees en eso de las lágrimas y de que uno de cada quince obtiene lo que quiere?

—La viste correr en la ruta.

—Parecía ella, como antes del accidente, pero podría ser que solo fueran mis ganas de encontrarla y saber que está bien.

—La reportera la reconoció.

Malena suspiró largamente.

—Sería maravilloso ver a Mónica trabajando en su laboratorio otra vez.

Los grandes cambios eran posibles, pensó Lando y apretó la mano de Malena.

—¿Sabes qué más sería maravilloso? —dijo Lando.

—¿Qué?

—Encontrarnos un colchón aquí en medio del matorral.

—Tonto —reaccionó Malena y lo pellizcó.

—Auch, ¿por qué me pellizcas? Ah, claro. Perdón. Alguien como tú jamás lo haría en un matorral —dijo Lando y le mostró la lengua.

Tras diez minutos de curvas, desvíos y animales que a su paso exaltaban sus salvajes gruñidos, el camino concluyó en una espesa niebla impregnada de humo y olor a carne asada. Tras la niebla, distantes atisbos de fuego, voces y golpes sobre madera. Ciegos por la neblina, tanteando con los pies y con las manos extendidas hacia adelante Lando y Malena se adentraron en la niebla.

—Esto no me gusta nada —dijo Malena.

—Ni a mí, con tanta niebla no se ve el camino de regreso.

—¿Crees que esos susurros, esas voces, sean amigables?

Silencio sin respuesta. Sólo cautelosos pasos, voces y niebla. Mucha niebla.

CAPÍTULO 16

Lando y Malena avanzaron a tientas sobre el pantano durante cinco largos minutos hasta el fin de la niebla. Allí se encontraron con un claro de hierba grande como un campo de fútbol rodeado por un círculo de niebla sin salidas a la vista. No estaban solos. Otros doce también se habían aventurado hacia lo desconocido por la incierta promesa de una tienda sin nombre.

No todos eran conscientes del peligro. Cerca del borde lejano del claro, Rinaldo avivaba con unas ramas las brasas bajo una larga rejilla de hierro, sobre la rejilla se asaban humeantes carnes, vegetales y pizzas. A la izquierda del asador, dos largas mesas de tablones sobre caballetes. En una mesa se sentaban Leonardo y su hermana, a su lado Melisa, Alberto, a quien le faltaba una pierna, el ex jefe de Rinaldo, con quien se había trenzado a golpes, y Roman en silla de ruedas. En la mesa de al lado se sentaban Atilio Tovacelli junto a sus dos jóvenes acompañantes —una rubia y una de cabello oscuro— más Alelí, Mónica y Rinaldo quien iba y venía desde y hacia el asador. Excepto por Tovacelli y sus chicas, todos se veían cansados, sudados y desalineados.

—¡Mónica! —gritó Malena al verla y corrió hacia ella. Lando la siguió a paso lento, observando minuciosamente los alrededores.

—¡Mírame! —dijo Mónica quien se levantó de su silla y dio un giro para mostrarse sana.

—No lo puedo creer. ¡Qué alegría verte bien otra vez! —dijo

Malena, la abrazó y juntas se largaron a saltar emocionadas.

Mientras las hermanas compartían su alegría, Lando percibió tensión en las furtivas miradas de los integrantes de la otra mesa. Punzantes miradas de los desafortunados que habían perdido sus piernas, manos u orejas, o que de una paliza los habían dejado en silla de ruedas. A ellos, quienes con su sacrificio habían pagado por el bienestar de otros, no les caía bien que festejen en su rostro y por eso miraban con encono hacia la mesa de los sanos. Incluso a Leonardo y Sonya, quienes habían ayudado a buscar a Mónica, les costaba mostrarse contentos por ella, ya que habían puesto su empeño para ayudar a un caído en desgracia, no a alguien a quien la fortuna le había sonreído.

—Come algo, muchacho —dijo Rinaldo a Lando mientras le servía dos porciones de pizza y unas costillas sobre un plato—. Hay que recobrar energías. El camino hasta aquí es agotador.

—Ni hablar, gracias —dijo Lando y mientras mordía una costilla preguntó—. ¿De dónde ha salido esto?

—De las motos del restaurante. Las vi entrar por el caminito cuando descansaba a un lado de la ruta y les pedí un aventón. Ayudé a montarlo todo y como nadie más se ofreció, con el hambre que tenía, me puse al asador. Aunque ya venía todo cocinado, a mi me gusta comer calentito.

Ni la comida ni el entusiasmo de Rinaldo aliviaron sus sospechas, Lando no creía en cenas gratuitas y ese encuentro amistoso se veía muy bueno para ser verdad. A su izquierda, Malena y su hermana se susurraban al oído.

—Vámonos de aquí —insistía Malena tomando a Mónica del brazo tras sus reiteradas negativas.

—Véte tú, antes de que sea demasiado tarde.

—Esto es peligroso.

—No puedo irme sin una muestra.

En la otra mesa, Sonya, la chica sin manos, mordía rabiosamente la pata de pollo que su hermano le puso en la boca.

—Ya está Sonya. Son buenas noticias —dijo Leonardo.

Sonya, con la boca llena, echaba furia por los ojos y cuando intentaba decir algo su hermano le empujaba la pata de pollo dentro de la boca.

—Si tontainas. Si te calmas lo verás claro —dijo Leonardo ante la desorbitada mirada de su hermana quien parecía decirle que de buenas no tenían nada—. Piénsalo. Mónica se ha curado. Las lágrimas funcionan y con ellas recuperaremos lo que hemos perdido. Tú misma has visto a Mónica antes de curarse esta mañana, ¿verdad? —dijo Leonardo y Sonya asintió—. Nos han invitado a beber las lágrimas buenas que quedan y de paso nos han montado este banquete.

—Muy bueno para ser verdad —dijo Melisa.

—¿Qué es lo bueno? ¿Qué la tienda que puede curarnos a todos liquide por cierre y se vaya de Pino Alto? —dijo Roman.

A Leonardo lo tomó por sorpresa que los demás hayan prestado atención al diálogo con su hermana.

—Pues a mi no me importa —dijo Alberto—. Ya me han jodido quitándome la pierna. Así que o el viejo me da una lágrima que me la devuelva, o aquí mismo me lo cargo.

—Pues la tarjeta nos invitaba a beber de las buenas. Incluso si no hay para todos, con que haya para mi hermana me conformo —dijo Leonardo y, tras una pausa dramática, su voz se tornó cargada y densa—, pero si no hubiera para mi hermana, seré yo quien se cargue al viejo y a quien sea se interponga entre ella y su cura. Puedo vivir sin mis orejas, aun si tuviera que adherir las gafas a mi cabeza con cinta adhesiva por el resto de mi vida, pero Sonya necesita sin falta sus manos y no se va de aquí sin ellas —agregó Leonardo enérgico y desafiante.

A Sonya se le humedecieron los ojos de la emoción.

—No hace falta ponernos agresivos entre nosotros —dijo Roman—. Somos varios. Si el viejo no cumple lo prometido, le damos entre todos.

Alberto sonrió maligno y se tronó los nudillos. Mientras tanto, en la otra mesa, Malena observaba los alrededores.

—¿No les da mala espina este lugar en medio de la nada?

Siento como si estuviera en el ritual de una secta —dijo Malena.

—Y la niebla, es como si estuviéramos encerrados en ella. No estoy seguro de por donde vinimos ni de cómo salir —dijo Lando.

—Estamos rodeados por lagunas cubiertas de vegetación y discontinuos pozos de fango de hasta tres metros de profundidad. Si caes o te atascas en alguno, te jalará hacia adentro y morirás —avisó Alelí.

—Pareces conocer bien la zona —dijo Malena algo asustada.

—¿Quién crees que ha marcado el caminito por el que hemos venido? Nosotros, los periodistas, la policía y los bomberos cada vez que han reportado actividad sospechosa en el pantanal. Es un buen lugar para desaparecer gente.

—¿Hay muertos alrededor? —preguntó Malena horrorizada.

—Se estima que unos cincuenta.

—Salir no ha de ser tan difícil. Aun con la neblina, podemos caminar en dirección a los árboles —dijo Mónica displicentemente.

—Hay árboles con raíces bajo el fango.

—Trampa. Esto tiene pinta de trampa —dijo Tovacelli como si nada y bebió su copa de vino completa.

—¿Y tú, cómo llegaste tan rápido?

—Es verdad, estabas en el balcón cuando salimos. Son casi tres kilómetros, salimos primero, no te vimos en la ruta y cuando llegamos ya estabas aquí —dijo Malena.

—No —respondió Tovacelli extrañado—. Son dos kilómetros como mucho.

—Son casi tres y encima había que atravesar la multitud —corrigió Malena.

La acompañante de cabello oscuro del alcalde escribió en su teléfono, se lo mostró a Tovacelli y este comprendió.

—Ah, claro —dijo Tovacelli—. Ustedes salieron por la entrada principal y tuvieron que atravesar esa montonera que apestaba mi patio y la ruta —dijo y bebió otra copa.

—¿Tú qué hiciste? —preguntó Alelí.

—Con las chicas salimos en coche por la puerta tras el lago.

—¿En coche? Si no valía usar medios de locomoción —dijo

Malena.

—No he visto a nadie controlando —contestó Tovacelli con una sonrisa ruín—. Mira si me iba a venir corriendo por la ruta como un tarado. Con el calor que hace —agregó Tovacelli sin importarle el modo en que lo destripaban con la mirada—. Además estoy bien con lo que tengo. Salvo alguna lágrima que me quite diez años o diez kilos, no hay mucho más que me interese ser o tener.

—Maldito tramposo —dijo Alelí entre dientes y se levantó con rabia en la mirada, las chicas que acompañaban al alcalde la sujetaron y ella, sacudiendo furiosa su cuerpo, demandó—. Suéltenme y no me hagan más señas, ¿acaso no hablan ustedes?

—Ellas no hablan —dijo Tovacelli—. Son abogadas en busca de un cargo político. Un día que estaba borracho me hicieron confesarles lo de la lágrima que bebí. Fueron a la tienda y cuando volvieron ya no tenían su lengua.

Las chicas soltaron a Alelí y compungidas asintieron. Alelí notó el dolor en sus rostros; el dolor de un abogado con aspiraciones políticas a quien le han quitado su herramienta. Alelí se calmó y se sentó. Luego pensó en cómo le iría a ella misma si perdiera el habla. ¿Cómo obtendría información? ¿Cómo reportaría sin su lengua?

Desentendida de la conversación, Mónica seguía con la mirada a las juguetonas luciérnagas entrar y salir de la niebla. De repente, silencio y alerta. Una manada de seis lobos irrumpió a paso lento desde la niebla. Un lobo viejo, gris claro y rechoncho caminaba por delante cual jefe de manada. Tras él dos lobos negros maduros de andar vistoso. Tras ellos, tres jóvenes lobos pardos. La manada fue directo a echarse alrededor del atril en medio del claro. ¿De dónde han salido tantos lobos? Parecían preguntarse todos con la mirada.

Lando comía y mientras lo hacía observaba disimuladamente hacia la otra mesa. Allí, sus comensales en silencio ocultaban su sustancial encono por la catástrofe en sus cuerpos. Esa pesada atmósfera lo frenaba. Quería invitar al cabeza de huevo y a su hermana a su mesa para compartir con ellos la dicha por la recuperación de Mónica, pero no encontraba la excusa para hacerlo. Malena notó la intención en su mirada y se percató del problema, así que alzó la mano y dijo: «Sonya, mira, Mónica está bien, ven a saludarla». Contenta, Sonya iba a levantarse cuando una voz carrasposa, lejana y altisonante se hizo eco en los comensales.

Con la luna a sus espaldas, el alto y desgarbado hombre de la tienda irrumpió a paso firme desde la niebla con una caja entre sus brazos. La expectativa congeló las acciones y acalló los murmullos. Todos los ojos y todas las plegarias apuntaban hacia él. En ese momento, en ese lugar, Goran era amo y señor de aquellos catorce destinos.

En silencio, Goran fue hacia el centro del círculo, colocó la caja sobre la mesita frente al atril, miró hacia las mesas y aclaró su garganta.

—Buenas noches —saludó solemne con su mano en alto cual político en campaña—. Buenas noches soñadores y buscadores de mejores destinos. He traído algo para ustedes. Tres lágrimas que funcionan. El chasquido del amor —dijo y sacó el frasco de la caja para mostrarlo—. Una lágrima con la que pueden conquistar a quien se propongan con tan solo chasquear los dedos frente a sus ojos dijo e hizo silencio para recorrer las mesas con la mirada. Con la plena atención de los invitados asegurada, continuó con su presentación.

—También tengo el Súper Yo —dijo y mostró el siguiente frasquito—, para obtener la mejor versión posible de ustedes mismos. Es decir, su cuerpo como si durante toda su vida hubieran comido, dormido y ejercitado óptimamente. Por supuesto que a quien haya perdido algo por alguna lágrima anterior, esa herida se le curará, e incluso, si es que han sido hijos de parto prematuro o mal alimentados en la infancia, puede que terminen más altos de lo que son. Imagínense en impecable condición física, con la dentadura original, sin dolores, sin lentes, ni medicación alguna. Sus cuerpos a su máximo potencial, llenos de vigor y energía. Con estas dos lágrimas, madre mía —dijo agitando la mano.

Goran hizo los dos frascos a un lado y sacó un tercero de la caja.

—Esas dos lágrimas son para el ganador del mini torneo. Mientras que entre los perdedores se disputarán la lágrima de la cura de todos los males. Así curarán cualquier daño sufrido, tal como se ha curado ese encanto de chica —dijo y señaló a Mónica.

—¿Cómo que perdedores? —preguntó Leonardo de pie desde la mesa.

—Van a competir por los premios. Les he preparado unos juegos que —decía Goran cuando se detuvo al observar que Alberto, el muchacho fortachón de labios gruesos al que le faltaba una pierna, se le acercaba con visible furia en el rostro.

—Cállate, infeliz —dijo Alberto enfurecido—. No estoy para juegos. Dame ya mismo la cura de todos los males o te mato.

Al oírlo, Goran bajó del atril y se interpuso en su camino. Alberto lo empujó con ambos brazos, lo derribó y con la mirada encendida estiró el brazo hacia la caja con las lágrimas. En ese momento los lobos abandonaron su reposo y se abalanzaron sobre él. Un lobo joven le saltó encima y de un mordisco se le prendió del brazo, los dos lobos negros se prendieron de la pierna buena y el lobo jefe saltó sobre su espalda derribándolo boca abajo. Alberto gritaba y se sacudía de dolor mientras intentaba quitarse los lobos de encima, pero estos lo mordían cada vez más fuerte, desgarrándolo hasta que dejó de luchar. En ese momento, muerto o inconsciente, los lobos lo mordieron en conjunto y lo arrastraron tras la niebla.

—La manada nunca falla —murmuró Goran ante el aterrado silencio de todos y volvió al atril dispuesto a continuar como si nada hubiera ocurrido.

—Nuestro gran ganador, o ganadora, subirá a este atril y

juntos descorcharemos un champagne y nos sacaremos una foto para el álbum de la compañía.

Mientras los lobos volvían de la niebla con los hocicos manchados de sangre, el horror y la preocupación desdibujaban las miradas de los comensales. La palabra compañía resonaba en la mente de Mónica confirmándole que la tienda era solo una pantalla para un experimento clandestino. Por su parte, Roman entendía que se trataba de un todos contra todos por lo poco bueno que había y buscaba un modo de beneficiarse sin pagar el precio. Siendo que las lágrimas buenas funcionaban, Lando se enfocaba en la oportunidad de salir de allí mejor de lo que había entrado. La mera idea del chasquido del amor lo fascinaba y, convencido de que sin arriesgar no se conseguía nada, se disponía a luchar por esa lágrima. Sin embargo, no fue ninguno de ellos quien habló primero.

—¿Porqué hay solo tres lágrimas en juego? y ¿por qué tenemos que competir? En la invitación decía que había lágrimas para los siete primeros en llegar —protestó Franco, el ex jefe de Rinaldo.

Franco hablaba fuerte, pero su voz llevaba un resoplido porque había perdido un pulmón en la tienda.

—Disculpen si he exagerado con los premios y los he hecho correr un par de kilómetros hasta aquí —dijo Goran—. Solo quería asegurarme de que vinieran rápido y motivados. No me gusta esperar.

Desde las mesas se lo comían con la mirada. A nadie le cayó simpático el haber corrido tres kilómetros a la desesperada por un premio que no había. Sin embargo, ya estaban todos ahí. Perdido por perdido, era mejor abrazarse a una última oportunidad de obtener una ventaja en la vida.

—¿Cómo vamos a competir? —preguntó Sonya.

—Serán juegos simples de eliminación directa. Los tengo en papelitos dentro de una bolsa. Sacarán uno y jugarán a lo que salga.

—Deberías al menos tener en cuenta el orden de llegada. Nosotros llegamos primero —dijo Tovacelli.

—Parten todos iguales.

—Pues a mi no me importa tu jueguito. Yo he venido aquí a ver de qué va todo esto. ¿Qué son las lágrimas? ¿Quién las hace? ¿Cómo se llama la compañía que ha mencionado? ¿Por qué han venido a Pino Alto? y ¿cuál es la relación entre la tienda y la crisis? —preguntó Alelí.

—Ay, la señorita periodista no juega a las lágrimas. Ella es diferente, tiene otra moral —contestó Goran en tono de burla—. ¡Pamplinas! Estás aquí porque te has bebido una y te ha salido bien. ¿Quieres tu gran historia para el periódico? Juega hasta el final como los demás.

Todos voltearon a ver a Alelí, quien incómoda cerró el pico.

—Si quieren la habilidad de conquistar cuanto amante deseen y disfrutar la vida en su mejor cuerpo posible, o si quieren curar sus heridas, jueguen. Sino retírense. El chasquido del amor, el súper yo y la cura de todos los males están aquí, listas para que alguien se las beba.

Los comensales murmuraban, cruzaban gestos y miradas mientras crecía la expectativa por que alguien se fuera y así la cantidad de competidores se redujera. También había dudas.

—¿Y las otras lágrimas? En la tienda también había lágrimas de belleza infinita y de rejuvenecer veinte años —dijo Melisa.

—Y de destreza perfecta —agregó Sonya.

—En efecto, había varias más. También en la invitación decía fiesta de liquidación por cierre. Este es el remanente. Lamento que no sea lo que buscabas. Si la oferta no te satisface, puedes no participar.

—Última pregunta —dijo Leonardo en tono muy serio—. La cura de todos los males —dijo y miró a su hermana—, ¿es obligación beberla o puede uno dársela a otro?

—Las lágrimas no pueden salir de este círculo de niebla, pero si es para tu hermana y se la bebe aquí, no hay problema.

Leonardo se sentó y su hermana, agradecida y avergonzada, no podía levantar la mirada.

—¿Y si bebemos mitad cada uno? —preguntó Sonya.

—Diluida no creo que funcione y basta de prólogos. Quien quiera irse que se levante. ¿Nadie? Bien, tú —dijo Goran y señaló a Lando—. Necesito un voluntario joven y fuerte, acompáñame.

Lando se levantó a regañadientes porque tenía hambre y le daba rabia pensar que mientras él ayudaba a Goran, el gordo olor a pizza se lo comería todo. Aunque algo lo aliviaba, al menos esta vez no le tocaría limpiar el enchastre digestivo de Rinaldo.

Mientras los lobos custodiaban las lágrimas ganadoras, Lando y Goran atravesaron la niebla. Tras ellos, la abogada de cabello oscuro los siguió a hurtadillas. Nadie la regañó ni la delató. Todos querían información. Al adentrarse la chica en la niebla, inmediatamente se oyó un plop, un glub glub y a la chica no la volvieron a ver.

—No hay salida —dijo el ex jefe de Rinaldo y todos se miraron preocupados.

Mientras tanto, en la niebla.

—Oye Lando, tienes dos amigos aquí, la naturaleza y yo. Cuando te toque elegir, presta atención a las señales de la naturaleza.

—¿Usted me va a ayudar?

—Te he ayudado desde el principio. Te he metido por las mías en la lista para el juego y le he puesto una lágrima de mentira a Roman, para que no se lleve a tu chica.

—A Roman lo apalearon de verdad.

—Claro hombre. Los precios son solo físicos, ¿qué bebida va a hacer que venga un grupo de ultras a golpearte? A ellos les pagué para que lo hicieran. De hecho, ahora que lo recuerdo, también te grité para que tomes la lágrima del coraje insoslayable, pero tú llegaste, leíste la etiqueta, te enfadaste y te fuiste sin oírme.

—No era la que quería. ¿Cómo es eso de la lista y el juego?

—Te habrás dado cuenta que la puerta de la tienda no abre para todos y que no todos saben de la tienda.

—Claro, la invitación. ¿Quién envía las invitaciones?

—La compañía, pero no puedo hablar de eso. La cuestión es que tú no estabas en la lista y yo te agregué.

—Le agradezco, ¿por qué me ayuda?

—¿No estás harto de que todos menos tú tengan un contacto, alguien que les haga un favor, les de una recomendación o un empujoncito en la vida? A mi me pasó lo mismo y en esta lista todos han desperdiciado los empujoncitos. Eso me enerva.

—Quiere igualar el mundo.

—No viene de regalo. Deberás jugar por tu premio. Tomar decisiones y derrotar a tus rivales, pero puedes contar con las señales de la naturaleza.

—¿Señales?

—Shhh, no puedo decirte todo. Quiero que ganes pero tengo límites. Yo también me la estoy jugando aquí, ¿entiendes?

—¿La compañía?

—Tienen ojos y oídos por todas partes.

—¿Cómo serán los juegos?

—Como siempre, será un gran día para el ganador, y el resto... el resto se las arreglará como pueda.

CAPÍTULO 17

El juego no había comenzado y ya había dos bajas, Alberto muerto por los lobos y la abogada de cabello oscuro que vino con Tovacelli ahogada en el pantano. La muerte estaba latente, el círculo de niebla y el pantano daban toda la apariencia de una trampa. Para peor, para hacerse con las lágrimas buenas debían eliminarse unos a otros. Sin embargo, por ambición, por desesperación por ganar o recuperarse, e incluso por temor a una posible represalia, nadie abandonaba el juego, ni escapaba.

De regreso, Lando cargaba con dos cajas selladas de cartón, colocó una de ellas al pie del atril y la otra sobre la mesa libre frente al mismo. De pie tras la mesa, Goran contó los comensales con el dedo y quitó el sello de la caja.

—Quedan doce de ustedes —dijo Goran, mientras sacaba frascos de la caja y los alineaba sobre la mesa—. Muy bien. Esto será una eliminatoria simple. Son doce frascos, uno por cada uno de ustedes. Cuatro de ellos son destinos fallidos. Aquí los dejo alineados y cuando los llame, cada uno de ustedes póngase frente a un frasco y esperen a mi señal para beberlos todos a la vez. ¿Preguntas?

—O sea que uno de cada tres paga el precio y los demás obtienen una lágrima que sí funciona —afirmó Leonardo entusiasmado.

—No, los otros ocho frascos solo tienen una gelatina igualita a las lágrimas. Esto es solo una eliminatoria. Los premios son al final.

—Quién pierde ahora puede curarse al final, ¿verdad? —preguntó Melisa.

—Efectivamente. Con la cura de todos los males. ¿Nadie más? Muy bien. ¿Listos? Uno, dos, tres, a los frascos.

A Alelí y a Roman no les gustó nada la posibilidad de pagar un precio. Los habían invitado a un premio sin riesgos, no a castigos por un premio. Sin embargo, los demás salieron a la carrera a por su frasco y, ante la vorágine, desconfiados y disconformes optaron por correr sin preguntar.

Lando llegó primero y se paró frente al segundo frasco de la hilera. Desde el piso, el lobo jefe lo miró feo y le gruñó.

—Las señales de la naturaleza —murmuró Lando e indeciso volvió atrás y fue hacia el quinto frasco pero Mónica ya estaba allí. Así que se paró frente al décimo y otra vez el lobo le gruñó.

Casi todos ya se habían posicionado frente a sus lágrimas. Solo quedaban tres frascos libres, el tercero, el octavo y el noveno. Los indecisos eran Lando, Melisa y Rinaldo, quien no estaba indeciso sino que aprovechaba el hecho de estar solo en la mesa para darse el atracón.

—Rinaldo —llamó Goran en voz alta.

—Sigan ustedes, no hay problema —dijo Rinaldo con una pata de pollo en la boca mientras se armaba un suculento sándwich del tamaño de su antebrazo.

—¡Rinaldo! —insistió Goran.

—Está bien. Ya voy —dijo mientras le echaba mayonesa al sándwich, el cual inmediatamente cerró y se llevó a la boca antes de partir rumbo al noveno frasco.

Solo quedaban dos, el tercero y el octavo. Melisa y Lando no querían elegir, desconfiaban de su suerte, se miraban el uno al otro y se invitaban mutuamente con la mirada a ir a la mesa y tomar la decisión. Un grupo de luciérnagas cuya formación se asemejaba a un ocho pasó frente a Lando quien lo tomó como un consejo y se apresuró a pararse frente a la lágrima en dicha posición. Melisa se paró frente al tercer frasco y la espera terminó.

Mónica observaba nerviosa los frascos, los participantes, las cajas, los lobos que hacían guardia y la niebla alrededor sin encontrar un modo de hacerse con una muestra sin que nadie lo notara.

—Te patearé el trasero en la próxima ronda —le susurró su ex jefe a Rinaldo al oído.

—Ese estrés te hace mal. Dale una mordida y te sentirás mejor —dijo Rinaldo y le ofreció el sándwich.

Goran aplaudió tres veces bajo la atenta mirada de todos.

—¡A beber y que comience el juego!

Los doce dieron un paso adelante, tomaron su frasco y simultáneamente se lo llevaron a la boca. A Lando le brotó el sudor en la frente, a la abogada rubia que vino con Tovacelli le temblaba el pulso al beber, Malena se preguntaba qué hacía ahí mientras observaba cómo Mónica bebía lentamente a ojos cerrados. Rinaldo se lo bebió de un trago y volvió a su sándwich. Tovacelli no bebía sino que estudiaba con la mirada a quienes ya lo habían hecho. Leonardo lo hizo rápido y luego le llevó el frasco a la boca a su hermana. Sonya no quería abrir la boca, pero ante la reprobatoria mirada de todos bebió también. Luego de beber, expectantes se miraron los unos a los otros atentos al mínimo gesto de desgracia ajena.

Pasó un minuto y nadie cayó. La tensión crecía, las manos sudaban y nadie hablaba. De repente, Rinaldo tosió ronco y fuerte tres veces, se atragantó y se inclinó como para vomitar. Malena observaba horrorizada como Rinaldo se erguía y acalorado se apantallaba. Su piel había enrojecido tanto como si se hubiera insolado.

—Me he pasado con el picante —dijo Rinaldo, miró de nuevo su sándwich y confundido preguntó—. ¿Quién arrojó todo este cabello sobre mi sándwich?

Había mucho cabello sobre el pan, sobre sus mangas, su camisa toda y dentro de su ropa. A Rinaldo le picaba e incómodo se sacudía y se rascaba hasta que en su cuello atrapó un manojo de cabellos sueltos. Sorprendido por el hallazgo, recorrió su cabeza con las manos desde la frente hasta la nuca sin palpar cabello alguno. Luego abrió su camisa, agachó la cabeza para mirarse el torso y se vio lampiño como un bebé. Acto seguido, introdujo su mano por debajo del pantalón.

—No joda —exclamó Rinaldo—. ¿Qué clase de lágrima es esta? Me ha dejado liso como bola de boliche.

—¡Y ni así suelta el sándwich! —dijo Leonardo y todos se largaron a reír.

—¿No tiene otra de esas, pero del cuello para abajo? —preguntó jocosa Alelí.

—¡Qué más quisieras! —remarcó Melisa socarrona—. Démela así como está que me pongo una peluca.

—Rinaldo —interrumpió Goran desde el atril—. Estás eliminado. El precio de esa lágrima eran todos tus vellos y cabellos. Hazte a un lado y espera a que termine el juego.

—¡Qué desperdicio! Si sabía no traía el sándwich —rezongó Rinaldo y le arrojó el sándwich a los lobos—. Por suerte hay más, avísenme si quieren algo del asador.

La salida de Rinaldo distendió los ánimos. Una lágrima perdedora menos y el precio no era tan drástico, pensaron todos aliviados.

Rinaldo, con su cabeza brillante y su cara sin cejas ni pestañas, marchó ilusionado hacia el asador. Mientras los demás sonreían al mirarlo, un golpe seco y fulminante retumbó en el suelo. La abogada rubia sin lengua que venía con Tovacelli yacía inmóvil sobre la hierba con las piernas dobladas y el brazo izquierdo dislocado por la caída. Al verla, Malena, encogió sus rodillas y se tapó la boca con las manos. Mónica, pasmada y boquiabierta, por un instante se quedó sin aire. Melisa, al borde del desmayo, apoyó su espalda sobre Leonardo quien estremecido la sostuvo sin decir nada. Fue Alelí quien se agachó a socorrer a la chica y a tomarle el pulso.

—No está muerta —dijo Roman desde su silla de ruedas—, solo paralizada.

—El pulso es normal —confirmó Alelí.

—Llévenla a un lado del asador —dijo Goran—. Aún tiene oportunidad de curarse al final del juego.

Lando tomó a la chica por debajo de las axilas, Leonardo por las piernas y entre ambos la llevaron allí donde Goran había indicado. Tras ellos, el ex jefe de Rinaldo salió a hurtadillas y le bajó los pantalones a Leonardo. Este, ofendido, al instante intentó tirarle una patada y con los pantalones bajos trastabilló, sin soltar a la chica, afortunadamente. Mientras bajaban a la rubia para que Leonardo se subiera los pantalones, el ex jefe corrió hacia Rinaldo con los brazos extendidos y en zigzag como niño jugando al avión. Todos lo miraban extrañados. Al llegar hasta Rinaldo, quien agachado frente al asador daba vuelta una hamburguesa, su ex jefe le pellizcó fuerte las nalgas y cual resorte Rinaldo se reincorporó. En ese momento de confusión, su ex jefe le estampó un beso excesivamente salivado en la boca y se marchó con las manos por delante, como si entre ellas sostuviera un volante, mientras roncaba el rugiente acelerar de un motor. Así siguió y en la niebla se perdió hasta que el sonido de un pesado chapuzón marcó su despedida del torneo.

—Acaban de presenciar los efectos de la pérdida de la razón —dijo Goran—. Falta uno y la lágrima ya debería haber hecho efecto. Aunque esto me huele a trampa, esperaremos un minuto más.

Al igual que la abogada rubia, Rinaldo y su ex-jefe habían perdido. Quedaban nueve participantes y uno de ellos había elegido la última lágrima perdedora. Con el pulso acelerándose por la tensión, los participantes se estudiaban unos a otros con la mirada mientras por dentro rogaban no ser el siguiente. Un minuto más tarde, Goran se cansó de esperar.

—Bueno, tramposo o tramposa, ¿vas a beberte esa lágrima o prefieres rendirle cuentas a los lobos?

Como si lo hubieran entendido, los lobos se levantaron y a paso lento rondaron alrededor de los participantes olfateando de cerca a cada uno de ellos. Con el hocico de un lobo rozándole la pierna, Alelí miró a Tovacelli con cara de o te la bebes o te la hago beber yo y Tovacelli le mostró el frasco vacío. Entonces Alelí volteó furiosa hacía Roman, pero su frasco también estaba vacío, luego los observó a todos y solo un frasco no mostraba su contenido. Un frasco escondido en el puño cerrado de una mano temblorosa, la mano izquierda de Melisa, alrededor de quien los lobos se reunieron.

—Tic toc. Tic toc —dijo Goran.

—Está bien —dijo Melisa, quien se bebió la lágrima de un trago e inmediatamente se sentó en el pasto a esperar por su cruel destino.

A los treinta segundos, un grito estremecedor.

—Noooooooooooooooooooooo —gritó Melisa con alma y vida —. Nooooooo, eso noooooo, —gritaba y sacudía la cabeza cual poseída.

Melisa chillaba y tiraba de sus cabellos enloquecida. Su espalda vibraba y sus extremidades se comprimían mientras un humo gris ceniza se elevaba desde su gacha cabeza. Todos la observaban, más por temor nadie se le acercaba. Al minuto Melisa se calmó y por debajo de sus largos y enredados cabellos se lamentó.

—El otro ojo no —sollozó desolada—. ¿Porqué el otro ojo? ¿Por qué justo eso?

Lando regresaba cuando un súbito pánico lo paralizó por dentro; sí no fuera por la señal de las luciérnagas, él hubiera bebido la lágrima que bebió Melisa, igual que hubiera bebido, si no fuera por el lobo viejo, la de la rubia que había cargado hasta el costado del asador.

—Esta es la diferencia entre tener palanca y no tenerla —murmuró Lando mirándose las manos ante la revelación.

Aterrado y aliviado a la vez, Lando quebró en llanto. Era la primera vez en su vida que el ayudín operaba a su favor. Al verlo lagrimear, Malena se acercó a consolarlo.

—No sabía que querías tanto a la profe —dijo Malena.

—Era mi profe favorita —sollozó Lando emocionado.

—Muy bien —dijo Goran—. Acompañen a esa mujer a su lugar a un lado asador. Coman algo mientras preparo la siguiente ronda y cambien esas caras. Piensen que sus deseos están a un paso de cumplirse, ¿o no se sienten ganadores después de todo esto? —dijo Goran señalando a quienes pagaron el precio —. Recuerden, el chasquido del amor, el súper yo y la cura de todos los males están a centímetros de sus dedos, solo tienen que estirarse y alcanzarlos.

—Esa vida es mía —dijo Roman con lujuria en la mirada.

—Sobre mi cadáver —contestó Sonya.

Atilio Tovacelli y Lando sonreían y se desafiaban con la mirada. Alelí tomaba fotos y se grababa reportando los hechos en su móvil mientras Mónica se preguntaba: «¿cómo haré para robarme una muestra sin joderme en el intento?»

CAPÍTULO 18

Mientras Melisa sollozaba cubriéndose el rostro con las manos y la rubia abogada babeaba echada junto al asador, en la mesa, Tovacelli arrancaba de un mordisco la carne de una costilla de cerdo mientras ignoraba las punzantes miradas de Mónica y Alelí. Roman no comía ni miraba a nadie, él solo tenía ojos para las lágrimas. Malena tampoco comía, solo sujetaba la mano de su hermana por debajo de la mesa mientras dubitativa especulaba si no era mejor marcharse de una pieza mientras podía.

Luego de haber recuperado el movimiento, Mónica no quería estar allí, sino en una discoteca, en la playa, o en la cama con un galán. Cualquier cosa menos esperar sentada, pero necesitaba una muestra. Necesitaba ingeniárselas para robar una lágrima y pasar desapercibida, pero ¿cómo?

Dos bolsas de tela negra yacían sobre la mesa frente al atril, a su lado había dos frascos y tras ellos estaba Goran quien aclaró su garganta para dirigirse a los concursantes.

—Damas y caballeros, su atención por favor. A partir de ahora comienza la etapa de eliminación directa. Serán duelos uno contra uno donde ambos participantes beberán de un frasco, uno de los frascos contendrá gelatina inocua con apariencia de lágrima mientras que el otro será una lágrima fallida. Pasa de ronda quien beba de la primera.

—¿Quién contra quién? —preguntó Sonya.

—Es obvio —dijo Roman y avanzó en su silla de ruedas hacia la mesa con las lágrimas—. ¿En cuál bolsa están los papelitos con los nombres?

—En esa —dijo Goran señalando la bolsa de la izquierda—. Efectivamente, en una bolsa están los nombres de cada uno de ustedes y en la otra el desafío. Uno saca un papel con el nombre de su rival, el rival saca el papelito con el desafío y el ganador elige de cuál de los dos frascos beber. Luego ambos han de beber de su frasco al mismo tiempo.

—Yo no estoy como para ganar desafíos —dijo Roman fastidiado mientras sacaba un papel.

—No te preocupes, son sencillos. Salvo uno o dos que he debido incorporar por disposición de la compañía.

Roman sacó un bollo de papel, lo desplegó, lo leyó y se dio un palmazo en medio de la cara.

—Malena —dijo con sentida frustración.

Malena, avergonzada, acudió al llamado.

—Es la primera vez que te llamo y vienes. Esto sí que es un milagro —dijo Roman.

—Lo siento, pero ya tenías suficientes noviecitas en la sala.

—¿Novias? ¿Qué más quisieran? Las echamos a todas. Te elegimos a ti.

—Pues yo no te elegí.

—Ya veo —dijo con rencor en la mirada—. Tú sí que tienes buen gusto —dijo y volteó a mirar a Lando—. Buena suerte hurgando en la basura.

—Te voy a —reaccionó Malena a punto de darle una bofetada, la cual detuvo a medio camino al verlo en silla de ruedas.

—Ya saca ese desafío de una vez.

Ofuscada y sin quitarle la mirada a Roman, Malena metió y sacó la mano de la bolsa e instantáneamente leyó el papelito.

—Cara o cruz —dijo Malena.

—Elijo cara —dijo Roman y sacó una moneda del bolsillo para arrojarla al aire.

—¿Por qué eliges tú?

—¿Quieres elegir tú? ¿Quieres tirar la moneda al aire

también? ¿Ya dime de qué modo quieres joderme la vida esta vez? —dijo Roman tras capturar la moneda sobre el revés de una mano.

—Vale, cruz —dijo Malena harta de estar harta—. ¿Qué ha salido?

—No hay modo de ganar contigo —dijo Roman cabizbajo y afligido—. Ha salido cruz. Ya elige la lágrima buena y arruíname la vida otra vez.

—¿Por qué me tratas así? !Si yo no te hecho nada!. Si hasta he ido a verte una vez al hospital. Eres tú quien lo tenía todo, cretino, y aun así fuiste a buscar ventaja en esa tienda horrorosa.

—¿Y tú por qué estás aquí?

—Hrrrrrr —gruñó Malena, tomó un frasco y cuando se lo llevaba a la boca Goran la interrumpió.

—Alto, beban ambos a la vez.

Roman agarró el otro frasco.

—Perra traicionera, vas a matarme —dijo Roman y bebió su lágrima. Malena hizo lo propio.

—Esto está la mar de divertido —dijo Sonya a su hermano mientras el resto de los participantes no se perdían palabra de aquella pelea de pareja rota antes de comenzar.

Roman observaba a Malena de arriba a abajo con ojos médicos. Atento a cualquier síntoma, Roman no podía esperar a que Malena cayera en desgracia, y cuanto más grande la desgracia, mejor. Mientras tanto, Malena cerraba los ojos. No quería saber ni sentir el resultado. Solo se preguntaba qué demonios hacía allí, si lo único que quería era irse de Pino Alto. Pudo haberlo hecho en la moto de Lando, ¿Porqué no lo hizo cuando él le arrojó las llaves? ¿Porqué lo siguió hasta allí? ¿Porqué se arriesgaba tanto? Si Mónica ya estaba bien. Si hasta la vio correr en la ruta. Si ya había logrado lo más difícil, hacer el bolso y marcharse de su casa. En ese momento de agobio, Malena pensó en Pierre, ¿qué diría su amante Francés? Necesitaba oír sus pícaras palabras para relajarse y volver a sus cabales.

Mientras Malena luchaba por controlar sus nervios, Roman comenzó a sacudirse en su silla. Su cara y su cuello enrojecieron y de repente una efímera nube de ceniza se desprendió de la manga izquierda de su pantalón, esta se desmoronó vacía sobre la silla y su zapato cayó al suelo. Roman solo ocultó su rostro entre sus manos y rompió en llanto. Vencido se echó hacia un costado y rendido apoyó la cabeza sobre el vientre de Malena. Ella lo acarició, tomó la silla de ruedas por las manijas y en silencio lo llevó a un lado del asador.

Malena no tenía palabras para Roman y él revivía introspectivamente cada hora de estudio en su casa y en el bar con sus compañeros, junto a las interminables charlas sobre la grandeza de la medicina con la que su padre y hermanos mayores le arruinaban cada cena.

Roman odiaba estudiar medicina y odiaba el rigor de su padre, pero quería heredar la fortuna familiar ya que adoraba la atracción que su estatus encarnaba en las mujeres. Roman no quería trabajar. Por eso, en secreto estudiaba finanzas e invertía arriesgadamente en la bolsa, pero no le iba bien. Perdía dinero y no encontraba el por qué. Desesperado buscó el camino corto, hizo guardia noche y día desde la ventana de un bar con vista a la tienda por una lágrima de inteligencia y sabiduría qué, aplicada a la bolsa, rico e independiente lo volvería. Ante la amenazante vigilancia que Lando ejercía sobre la entrada a la tienda, Roman se sintió presionado y fue hacia ella un turno antes de lo previsto. Se mordía los labios al pensar que si hubiera esperado como había planeado, Lando habría pagado el precio por él. Que ahora estaría en un restaurante, en el cine o en un hotel con Malena o cualquier otra. Sin embargo, allí estaba, en silla de ruedas, apaleado y sin una pierna, al lado de Melisa y de la rubia que yacía paralizada en el suelo. Pese a todo, Roman no se dio por vencido, sacudió la cabeza y su mirada se afiló. No era tiempo de lamentos. Aún podía hacerse con la cura de todos los males y olvidarse para siempre de ese inmenso error.

—Siguiente. Alguien que venga a sacar un contrincante de la bolsa, ¿nadie? —preguntó Goran y, ante la falta de voluntarios, él mismo sacó un nombre—. Atilio Tovacelli, acérquese, oh, honorable alcalde y saque un rival de la bolsa. Si no es mucha molestia —dijo Goran con sarcástica reverencia.

A regañadientes, Tovacelli acudió al llamado, metió la mano en la bolsa y se fastidió al leer el nombre de su contrincante.

—Reportera —llamó Atilio y ella vino presta a sacar su papel.
—Piedra, papel o tijeras —leyó Alelí en voz alta.
Nombrado el juego, se pararon uno frente al otro con una mano en la espalda y los puños cerrados enfrentados.
—¿Qué lágrima te has bebido? —preguntó Alelí en voz baja.
Silencio.
—Me estoy jugando el pellejo en un piedra, papel o tijeras y ¿ni siquiera vas a decirme que lágrima bebiste?
—Lengua dorada.
—Me imaginaba algo así. ¿Tienes miedo?
—No, me he pasado el mejor mes de mi vida por esa lágrima, no tengo problemas en pagar otro precio si lo hay. Tú también has ganado. Así que no te pongas en justiciera.
—¿Por qué dices que gané? Podría faltarme un pulmón o un órgano interno.
—Porque sin una lágrima no había manera de que descubrieras cómo te engañaba tu marido. Él es una máquina de hipnotizar tontitas.
En silencio, Alelí contenía su rabia, sus ansias de estrellar su puño cerrado contra la nariz de Tovacelli, su miedo a pasarse de vueltas y perder el desafío y su urgencia de evitar que con palabras manipularan sus emociones. Alelí lo sabía, necesitaba enfriar los ánimos y concentrarse en ganar.
—¿Qué tal la tontita que arrojaste desde el balcón? Ahí la tienes y sin embargo evitas su mirada. Lo sabes. Solo tiene que empujarte hacia el pantano, hacerte beber una lágrima malita, o meterse un cuchillo bajo la manga. Mira cuantos cuchillos hay

sobre la mesa.

Silencio. El puño cerrado de Atilio temblaba, su brazo temblaba y él se esforzaba en no contestar. Alelí olió sangre y atacó.

—Dime, ¿qué se siente arrojar una chica desde un balcón?

Tovacelli, con resignado odio se calmó.

—Me lo han preguntado mil veces. La corrupta policía, la ciega justicia y los periodistas mercenarios. Me lo han preguntado hasta el hastío y siempre he contestado lo mismo.

—¿Y no crees que sería justo que mueras aquí y ahora por lo que le has hecho a Mónica?

—Yo no le he hecho nada... —dijo Tovacelli con la voz quebrada.

Alelí, gracias a la lágrima de detectar mentiras, al notar veracidad en las palabras de Tovacelli, se llevó una mano a la boca y se quedó tiesa mientras él, apesadumbrado, se lamentaba.

—No he hecho nada y por nada me han enviado a prisión —dijo entre dientes—. No sabes cuánto los odio a todos y a cada uno de ustedes. A los que me procesaron, a los que mentían en los medios, a los que se juntaban frente al palacio de justicia a pedir por mi cabeza y a los que festejaban cuando me condenaron —dijo Tovacelli, se serenó y sonrió maquiavélico—. No sabes la felicidad que me dio cuando Goran me ofreció los medios para destruirlos a todos.

—Tú... Tú eres realmente inocente... —titubeó Alelí en shock.

—El poder judicial no ha podido destruirme. Pino Alto no ha podido destruirme y tampoco lo hará esa lágrima. ¿No sería justo que tú pierdas aquí y ahora con todo el daño que me has hecho? Una pierna no estaría mal. Uno, dos, tres —dijo y ambos sacudieron juntos un puño y mostraron su elección. Papel eligió Tovacelli, tijeras Alelí.

Aturdida, Alelí ganó pero no lo festejó. Sucumbía ante la culpa de haber contribuido a enviar un inocente a la cárcel, ante la presión de elegir bien el frasco y el miedo a que la

justicia divina la encontrara allí mismo, en el peor momento. Mientras su diestra oscilaba temblorosa entre los frascos, Alelí comprendió la gran diferencia entre reportar y ser protagonista.
—Elige ya —dijo Goran desde el atril.
Alelí eligió el frasco más cercano, Atilio tomó el otro y ambos bebieron a la vez. Ya pasaba un minuto sin novedad cuando de repente, desde la mesa, gritó Malena.
—¡Muere Tovacelli!
—¡Muere! —gritó Lando y le arrojó una pata de pollo.

Leonardo y su hermana abucheaban de pie mientras a Tovacelli le llovían las sobras. Todos gritaban y le arrojaban cosas; todos menos Mónica quien cruzada de brazos le apuntaba a Tovacelli con una furibunda mirada reprobatoria.

Los de la mesa no habían oído la confesión de Tovacelli, y Alelí, sin saber cómo convencerlos de su inocencia, horrorizada grababa la escena con su móvil cuando sucumbió ante una súbita tembladera. Su móvil cayó al suelo y siguió grabando, pero a ella. Alelí se revolcó en el pasto por unos segundos. Luego se levantó rápidamente y respiró aliviada. Estaba en pie, podía ver las mesas, podía oír el croar de los sapos, todo parecía ir bien hasta que se sintió incómoda en su ropa. Las telas estaban flojas, los zapatos le apretaban y su ropa interior se sentía algo suelta. Confundida, al observar sus manos notó micro arrugas en el anverso de sus dedos y mínimos pliegues en la piel de su antebrazo. Cuando lo entendió sus ojos se inundaron.

—No llores que todavía estás buena —dijo Tovacelli.
Alelí le lanzó una bofetada, la cual detuvo cuando al ver los ojos de Tovacelli comprendió que él solo intentaba consolarla.
—¿Cuánto he envejecido? Sé honesto. Sabré si mientes.
—Primero, que has envejecido bien mujer y no has perdido tus piernas ni nada.
—¿Cuánto Tovacelli? ¿Cuánto?
—Exactamente veinte años.
Alelí quedó perpleja al verificar que Atilio le contestó con

absoluta seguridad. *Habrá visto alguna lágrima cuyo precio eran veinte años*, pensó y rompió en llanto.

—¿Por qué lloras tanto? Realmente estás muy bien. ¿Cuántos tendrías sumando esos veinte? ¿Cuarenta y tres? Te ves como de treinta y cinco.

—Cuarenta y siete —sollozó Alelí—. No lloro por vieja. Lloro porque ya no podré tener hijos —dijo y se abrazó fuerte a Tovacelli por unos segundos y al notar su momento de debilidad se soltó—. No importa. Aún tengo la historia del siglo en la palma de mi mano. Si no puedo tener hijos, tendré premios Pulitzer y luego adoptaré, niños, cachorros, lo que sea. Así que córrete, tengo trabajo que hacer, —dijo, secó sus lágrimas, recogió su móvil del suelo y caminó rígidamente hacia el costado donde la esperaba el resto de los caídos.

—Vaya, vaya. Si que es cierto eso de que las cucarachas lo sobreviven todo —dijo Goran a Atilio—. Ve a sentarte y que pase el que sigue.

—¿Dónde vas? —preguntó Sonya preocupada al notar que su hermano se dirigía hacia la mesa de los desafíos.

—Quedamos solo cuatro. Si alguno de los otros dos saca el nombre del otro, tocaría enfrentarnos entre nosotros —contestó Leonardo.

Frente a la mesa de los desafíos, papel en mano, Leonardo temía deshacer el bollo y leer el nombre de su hermana. Necesitaba sacar otro nombre. *Que sea Lando,* imploraba su voz interior. Nada lo haría más felíz que arruinarle la vida a ese cabrón. Moría por verlo de rodillas frente a él lamentando el haberle puesto ese apodo. Cabeza de huevo. Leonardo detestaba esas tres palabras que con sorna remarcaban la elongada forma de su cabeza. Mientras otros tenían apodos acorde a sus destrezas y torpezas, como pintor, besa viejas, goleador u olor a chivo, el apodo de Leonardo no era por álgo que él hiciera o no supiera hacer, sino por una característica innata que no podía cambiar, arreglar ni disimular. Nadie lo había llamado así hasta cuando en el último trimestre Lando se sumó a su clase y lo primero que hizo al verlo fue señalarlo con el dedo frente a todos, llamarlo cabeza de huevo y largarse a reír a carcajadas.

Lando por venganza o Mónica para evitar a Sonya, lo que diga el bollo de papel en su mano determinaría sus posibilidades de sobrevivir a esta ronda junto con su hermana. Un bollo de papel que no quería abrir ni leer.

—Vamos cabeza de huevo. Ya dí quién te ha tocado —dijo Goran.

Leonardo sacudió la cabeza para regresar de su mundo interno a la realidad. La realidad donde Goran lo llamaba cabeza de huevo y Tovacelli, Rinaldo y Lando reían a su costa mientras Mónica y Malena tapaban sus bocas para ocultar la risa.

Con odio, Leonardo miró a Goran, leyó el papel y en voz alta dijo «Lando».

Lando caminó tranquilo hacia la bolsa de los desafíos ante la sonrisa ruín de Leonardo quien no podía esperar por darle su merecido. Goran lo observaba meter la mano en la bolsa cuando una serie de recuerdos lo paralizaron. En ese momento, atormentado por una turbia premonición, desde el atril Goran suplicó en voz baja: «Por una vez en la vida, deja tu mala suerte a un lado. No saques esa Lando. No contra él. Esa no».

Sin oírlo, relajado, Lando llegó a la mesa y sacó un papel de la bolsa.

—Pelea. Se define por K.O o sumisión —leyó Lando en voz alta y confundido preguntó—. ¿No eran facilitos los desafíos? Podemos hacer cara o cruz, o piedra, papel o tijeras —dijo Lando y miró a Leonardo en busca de consenso.

Adiós mi gran plan, pensó Goran y su cuerpo se aflojó.

Con una reluciente sonrisa, Leonardo se quitó la camisa y mostró su afilado torso. El torso esbelto y muscular de un ferviente aficionado a las artes marciales. «Cinta negra en

TaeKwonDo», decía su ficha. No había manera de que Lando lo noqueara, ni de que Leonardo le concediera sumisión. Se veía en su mirada, Leonardo iba a por sangre y cuanta más mejor.

Dubitativo, Lando miraba hacia Goran cuando Leonardo de un giro sacó una patada que Goran interrumpió.

—No he dado la señal —dijo Goran—. Es una pelea normal. Vale todo excepto morder o utilizar objetos. No vale arrojar piedras, golpear con palos, etc. Eso es descalificación. ¿Entienden las reglas?

Leonardo asintió y Lando se puso en guardia defensiva.

—¡A pelear! —dijo Goran alto y claro, y luego cabizbajo, en un sentido acto de contrición, murmuró—. Resiste Lando. Es la única que nos queda.

Leonardo se abalanzó sobre Lando quien corrió hacia el asador y luego hacia la mesa donde se escudó tras los comensales. Leonardo miró a Goran como diciendo «mira lo que hace» y Goran le mostró las palmas de las manos como diciendo «¿qué quieres que haga?, huir no es contra las reglas».

Al observar a Leonardo, Lando reconocía esa mirada cargada de odio ciego, la misma que le dirigió su hermano mayor aquella vez cuando tenía doce años. Lando era inocente y no sabía que su hermano tenía novia. La novia de su hermano llamó a su casa, él atendió y le dijo que su hermano había ido al cine con una chica. Al regresar, su hermano le voló tres dientes de un gancho y le hubiera roto mucho más si no fuera por la intervención de su madre. Lando sabía pelear y entendía la diferencia entre sacarse de encima unos delincuentes juveniles y enfrentarse a un cinta negra con auténtica intención de matar. A su vez, su objetivo le prohibía rendirse. Tenía que ganar la pelea, hacerse con el chasquido del amor y cambiar su destino a como dé lugar. Lo que no tenía claro era cómo lograrlo.

Leonardo se lanzó a la cacería. Saltó sobre la mesa y su pisotón volcó los vasos e hizo brincar la comida sobre los platos.

Desde allí arriba se arrojó en patada voladora sobre Lando quien se escabulló hacia el otro lado de la mesa. Cuando rodeaba la esquina, Sonya lo empujó hacia afuera y Lando, expuesto, corrió hacia el atril, pero los lobos se interpusieron y quedó arrinconado con los lobos de un lado, Leonardo del otro y la niebla a sus espaldas.

Sin salida, Lando se encorvó, compactó su cuerpo y con ambos puños por debajo de la línea de sus ojos se dispuso a luchar. Leonardo era más rápido y con esas patadas también lo superaba en alcance. Minimizar el daño, aguantar los golpes y esperar la oportunidad para abalanzarse, esa era la estrategia que Lando tenía en mente.

Leonardo bajó la guardia y con los brazos colgando sonrió, tronó su cuello, dio unos saltos cortos laterales en finta y giró violentamente para conectar una patada contra la guardia de Lando. Una patada que le dobló el antebrazo y cortó de refilón en su sien. Luego vinieron otro giro y otra patada alta, en el hombro esta vez.

Lando se cubría bien, pero a esa velocidad el filo de las suelas al rozarlo lo cortaban. Los antebrazos le ardían, pero reaccionaba. Sin embargo, cuando bloqueaba una patada y veloz se abalanzaba dispuesto a lanzar un gancho, Leonardo retrocedía girando su cuerpo y le arrojaba una nueva patada.

Leonardo se regodeaba en la impotencia de su rival, en sus enrojecidas orejas y en la sangre que se escurría desde sus sienes y su frente. Como experto, Leonardo sabía que ganaría fácil siempre y cuando no se precipitara, aunque moría por asestarle esa patada letal que de a poco iba midiendo. Una sorpresiva patada ascendente y frontal que se colara por debajo de la apertura entre los codos de la guardia, le arrastrara el mentón hasta el tope de su altura y lo volteara fulminado, o una descendente que le cayera con todo sobre la tapa de los sesos y le enterrara la cara en el suelo. Sin embargo, sabía que Lando tenía experiencia en combates callejeros y que en una patada frontal este podría agarrarle la pierna y llevarlo al suelo donde la pelea se igualaría.

Desde la mesa, Sonya celebraba cada patada y Malena se comía las uñas. En el atril, Goran observaba descorazonado como si su vida misma se fuera al garete.

A Lando el plan no le funcionaba. Si seguía arrinconado solo iban a patearlo hasta que cayera, así que fintó hacia su derecha y corrió hacia la izquierda. Leonardo dio un paso largo y bien medido para cortar la escapada con un giro pateador qué, con Lando erguido y sin guardia, iba directo al rostro. En pleno giro, el talón de Leonardo resbaló sobre la base de una botella de vidrio enterrada que apenas sobresalía del suelo, cayó fuerte sobre su hombro y cuando iba a levantarse, en su desesperación, Lando lo agarró de un tobillo, lo arrastró dos metros hasta la niebla y allí, con toda su fuerza, hacia ella lo arrojó.

Una oleada de agua verdinegra salpicó su camisa y su cara y Lando, jadeante y con el corazón alborotado, aún no daba cuenta de lo que había hecho. Todos los invitados observaban boquiabiertos, incluso Goran quien exaltado festejaba con el puño cerrado bajo el atril.

Todos estaban emocionados por la pelea menos Sonya, quien corrió horrorizada hacia Lando para entre gritos y lágrimas propinarle una andanada de golpes. Lando no se defendía, solo protegía un poco su rostro y aguantaba las patadas en punta bajo sus rodillas y los muñonazos que Sonya le asestaba en su guardia, en el abdomen y las costillas.

Cabizbajo, Lando resistía los golpes mientras recuperaba el aliento. Lo había hecho bien, había sobrevivido a la brutalidad de su rival y sin embargo no había aplausos, ni vítores, ni medallas, solo golpes de Sonya castigándolo por su hazaña. Todo seguía igual. Gane o pierda el mundo iba en su contra. Por eso estaba ahí, por eso no se resignaba. Cansado de luchar toda su vida sin recibir nada, ante la oportunidad de cambiar ese destino, Lando se aferraba a aquella máxima que dice: «el que no arriesga no gana».

Quedaba sólo un desafío para finalizar la primera ronda y ya había un tendal de víctimas. Sin embargo, presas de la ambición o de la necesidad, los sobrevivientes seguían allí. Sonya, ya sin la ayuda de su hermano necesitaba recuperar sus manos a como dé lugar. Mónica no podía regresar sin una muestra y quienes habían perdido esperaban expectantes por una última oportunidad. La tienda se iba de Pino Alto y ya no les quedaba otro modo de recuperar lo perdido. Nadie obtenía lo que quería, el juego de a poco se los comía y ellos seguían allí. Testarudos, temerosos e impacientes, envueltos bajo la sombra de un oscuro final, los sobrevivientes veían como todos perdían y aun así soñaban con ganar.

CAPÍTULO 19

Lando volvió a la mesa con un rostro que no parecía el de un ganador. Una multitud de cortes y heridas abiertas marcaban el precio de derrotar a Leonardo. Al ver su sangrado, Malena le arrancó una manga a una blusa que llevaba en el bolso, la humedeció en un vaso de agua y con ella lo limpió. Luego escurrió y dobló esa manga hasta dejarla del grosor de una bandana, la colocó alrededor de la frente herida de Lando y la ajustó. Las manos de su Malena lo sanaban y en silencio él lo disfrutaba.

Por su parte, mirada perdida y expresión ausente, Mónica se preguntaba cómo robarse una lágrima. Aún escondía en su mano derecha un vial más pequeño que su meñique, el vial que su compañero le había encargado. Debía llenarlo con una muestra frente a todos durante su desafío. Para peor, no había garantías de que esa muestra serviría, ya que uno de los frascos contenía gelatina y el otro la lágrima de la calamidad. La que envejeció a Alelí, paralizó a la rubia que acompañaba a Tovacelli y le evaporó una pierna a Roman.

«¿Cómo ocurrió tanto en tan poco tiempo?», se preguntaba Mónica afligida. Al amanecer estaba espástica y apenas podía controlar su cuerpo, por la mañana se empastilló para el campeonato, atravesó la ciudad cojeando descalza y en camisón, se curó, se reencontró con su viejo asistente, estrelló un coche ajeno contra la puerta de la tienda, corrió tres kilómetros, se adentró en un pantano y ahora estaba ahí, con 50% de posibilidades de perderlo todo otra vez, y con todo enfermo terminal del mundo pendiente de que pudiera robarse una lágrima. ¿Cómo ha ocurrido todo eso en un solo día? ¿Cómo es que recién caía en la cuenta?

Mónica no era la única sobrepasada por la situación. Rinaldo consolaba a Sonya trayéndola de vuelta a la mesa cuando esta repentinamente volteó directamente hacia la mesita de los desafíos y allí bebió una de las dos lágrimas que había.

—No. Espera. ¿Qué haces? —dijo Goran.

—Es mi turno, ¿verdad?

—Pero debes esperar a tu rival. Han de beber los dos al mismo tiempo y tienen que hacer el desafío primero.

—¡Qué me importa! Acaban de matar a mi hermano.

—Tú —dijo Goran señalando a Mónica—. Ven a beber la otra. Todavía queda algo de tiempo hasta que le haga efecto. Apresúrate.

—Déjala. Sí muero con esta mejor para ella. A mi ya no me importa.

—Pero tú aún puedes —

—¿Puedo qué? —interrumpió Sonya a garganta plena— ¿Qué puedo? Mis padres han muerto y ahora mi hermano también. No tengo manos —dijo Sonya mostrándole los muñones—, ni casa, ni quién me cuide. ¿Qué puedo hacer? Dime ya. ¿Qué es lo que puedo? ¿Ganar este maldito juego? Que se joda el juego, tú y el mundo entero.

Mientras Sonya despotricaba, Mónica, con el vial en su puño cerrado, caminaba despacio hacia las lágrimas observando el suelo en busca de frasquitos vacíos de desafíos anteriores. No había ninguno. Los lobos los recogían y los dejaban a un lado del atril. Llegó a la mesa y observó el frasquito con su lágrima pendiente, era muy distinto al vial vacío que escondía en su puño. No podría intercambiarlos sin que lo notaran. Aunque la lágrima fallida no era lo que quería, su horrible efecto era igualmente milagroso y para estudiarla también le valía.

Sonya maldecía desconsolada mientras pasaba el tiempo y nada le ocurría. Y si nada le ocurría a Sonya, la calamidad caería sobre Mónica quien imperiosamente necesitaba hacer algo, cualquier cosa, para no perder ese cuerpo sano que por años había anhelado. Aterrada, Mónica se paró frente al frasquito cabizbaja y todos hicieron silencio, incluso Sonya detuvo su verborrágico maldecir. En ese momento, se le ocurrió una idea. Era una locura, pero podría funcionar. Debía funcionar.

Había pasado más de un minuto y a Sonya no le había ocurrido nada. Goran iba y venía nervioso. Quería evitar que Mónica bebiera la lágrima fatal, pero de interferir arruinaría el juego por completo y con él sus planes.

—No la tomes Mónica. No lo hagas —gritó Malena de pie desde la mesa.

De a poco, los lobos negros se levantaron e intimidantes se acercaron a Mónica. Lando sostenía a Malena del brazo mientras ella tiraba por correr hacia su hermana. Mónica elevó la cabeza y miró el cielo, encerró el frasquito entre sus manos y como en una plegaria se lo llevó a la boca. Malena se tapó el rostro con las manos y la mesa se detuvo por completo. Expectantes y congelados, los concursantes presenciaban el instante previo a la tragedia.

Con el mentón en alto, Mónica no inclinaba el frasquito hacia abajo lo suficiente y la lágrima no caía. Entre dientes sostenía el vial que ahora en su boca escondía mientras con la lengua lo alineaba con la boca del frasco. Para salvarse, frente a todos y sin mirar, debía verter la lágrima completa y sin pérdidas dentro del vial. Toda su esperanza yacía en la precisión de sus labios y su lengua. Labios y lengua que hasta esa misma mañana apenas controlaba. Cuando sintió que vial y frasquito estaban alineados, cerró los ojos, inclinó del todo el frasquito y dejó caer la lágrima maldita.

Silencio. El espeso líquido bajaba lentamente. Acuciada por los nervios, Mónica sabía que cualquier error, cualquier derrame, podía ser fatal; luchaba por no temblar, por mantener las manos firmes, la mandíbula quieta y por que ni una gota tocara su boca. Cuando la lágrima cayó completa dentro del vial, Mónica extendió un brazo hacia arriba y arrojó el frasquito al aire mientras con la otra mano se cubrió la boca, tapó el vial y lentamente cual artista al final de la obra, se agachó en reverencia y con la mano opuesta envió un beso a la mesa.

Tensión. Todos la miraban con morbo mientras especulaban con qué parte de su cuerpo le tocaba perder. Todos miraban menos Malena quien con la cabeza pegada al pecho de Lando temblaba de miedo. Mónica se acercó a Sonya quien temerosa dio un paso atrás.

—De algún modo con mi hermana y mi familia te haremos un lugar en casa y te cuidaremos —dijo Mónica y sonrió.

—Ojalá el precio sea leve —respondió Sonya con los ojos humedecidos.

Pasó un minuto, minuto y medio, dos minutos y nada. Murmullos, miradas y confusión hasta que Goran, llevándose la diestra a la barbilla, desde el atril reflexionó.

—Pues esto no lo he visto nunca. Esa lágrima ciertamente tenía un precio a pagar. Puede ser... podría ser que... ¡Claro! —dijo Goran y se largó a reír—. Querida, tú si que eres especial. Les explico—dijo mirando hacia la mesa—. Creo que ya lo saben, pero ella estaba espástica hasta esta mañana, cuando se tomó la lágrima de la cura de todos los males.

—¡Y todavía le hace efecto! —dijo Malena en un repentino salto de felicidad.

—Es la única forma que veo. Los lobos están echados. La vimos beber la lágrima. Esta chica tiene más suerte que el perro del carnicero.

—Entonces, ¿quién ganó? —preguntó Roman.

—Pues...

—No han hecho el desafío y nadie ha pagado el precio —

agregó Roman un tanto ofuscado.

—Ha ganado ella —dijo Goran señalando a Sonya—. Ella ha bebido la lágrima ganadora. La inmunidad de Mónica es cosa suya, además de un incentivo para resistir e ir a por la cura de todos los males, que no sabía que tenía efectos duraderos.

Todos se miraron asombrados.

—Y ya no sería solo la cura de todos los males, sino la prevención de todos los males también —agregó Alelí.

—La compañía se ha lucido con esta lágrima —dijo Goran mientras observaba a Mónica volver con Sonya a la mesa—. De todos modos, a lo nuestro —dijo, tomó la caja de las lágrimas que había traído y señaló a Lando con el dedo—. Ayudante, ayúdame a traer las últimas cajas así terminamos con esto de una vez. Que este viejo cuerpo ya no da para tanto jaleo.

Lando acompañó a Goran tras la niebla. Al juego ya solo le quedaban cuatro jugadores. Lando, Sonya, Malena y Tovacelli, los cuatro candidatos a llevárselo todo. Sonya se sentó pegadita a Malena quien la consolaba. Tovacelli se sentaba solo en la cabecera de la mesa hasta que Mónica se paró a su lado.

—¿Hasta cuándo piensas evitarme?

—Mónica —dijo Tovacelli y luego pausó para buscar palabras —. Estás tan linda como siempre.

Bofetada.

—Más linda que nunca.

Otra bofetada.

—Me lo merezco. Tú sabes que no tenía otra opción…

—Mentira —gritó Alelí.

Bofetada doble fuerza.

—No puedes engañarla. Ella tomó la lágrima de la verdad y ni yo te creo —reprendió Mónica.

—Yo tampoco —dijo Sonya.

—Ni yo —dijeron Malena, Rinaldo y Roman al unísono.

Mónica sonrió.

—Parece que tu don de embaucador no funciona aquí.

—Oye Mónica, yo…

—No te disculpes por lo que hiciste. Yo también jugaba con fuego. Sabía bien que estabas casado y con quien. También sabía el peligro de hacer piruetas sobre el barandal del balcón. Lo que no entiendo es por qué luego de eso no has venido nunca a visitarme. No has venido. No has llamado. No has enviado a alguien a darme un mensaje. No me has escrito. Nada de nada. ¿Porqué, Ati, por qué? ¿Qué te he hecho para que me abandones así?

A Tovacelli le temblaron los labios y su cabeza se desmoronó.

—Podría decirte que no he tenido tiempo, que me la he pasado entre celdas y juzgados —dijo Tovacelli con culpa en la voz, una voz que de repente se hizo firme y prepotente—, pero la verdad es que ya no soy como era. Me he vuelto ruín y por demás desconfiado. Pero sobre todo Mónica, los odio a todos por haberme injustamente encarcelado. Ya no me importa nada. Ya no creo en nadie. Ya no quiero tener que ver más nada con nadie.

Mientras tanto, en un pasillo de arbustos al otro lado de la niebla.

—Me has tenido con el corazón en la boca. ¡¿Cómo puedes tener semejante mala suerte?! Eliges el peor desafío y contra el peor rival. Justo un desafío en el que la naturaleza no podía ayudarte —dijo Goran y le dio un coscorrón en la nuca.

—No es que yo quisiera pelear con él —dijo Lando sobándose la nuca.

—Está bien. Lo importante es que estás entre los cuatro finalistas. Las lágrimas buenas y una nueva gran vida ya está a tu alcance y esta vez me aseguraré de ayudarte.

—Oiga, muchas gracias. Las indicaciones de los lobos y las luciérnagas han sido geniales. ¿Cómo lo ha hecho?

—No hay tiempo para explicaciones. Tú solo abre la boca —dijo Goran y cuando Lando abrió la boca para preguntar «¿qué?», allí mismo Goran le vació un vial, le alzó la cabeza desde el mentón y le dijo—. Traga, trágalo todo de una vez.

—¿Qué me ha dado? ¿Una lágrima? ¿Qué ha sido eso?

Goran sacó una copa del bolsillo interno de su chaqueta, estiró el brazo izquierdo para mirar su reloj y se puso a contar.

—Veinticinco, veinticuatro, veintitrés.

—¿Qué pasa? —preguntó Lando nervioso.

—Nada. Es que en tu enfrentamiento con el cabeza de huevo noté tu debilidad y se me ocurrió una idea. Solo espera, ¿vale? Catorce…, diez…, cinco, cuatro —dijo Goran que ya no miraba el reloj sino a Lando.

Cuando la cuenta llegó a cero, súbitamente Lando se irguió tieso a ojos abiertos con las pupilas saltando frenéticamente de un lado a otro mientras su cuerpo se retorcía entero. Luego del sacudón, Lando tosió atragantado y vomitó. Goran capturó el vómito en la copa y lo palmeó en la espalda.

—¿Qué me has hecho beber? —preguntó Lando apoyándose en Goran para no caer—, y ¿qué es eso?

—Esto —dijo Goran mostrándole la copa—, esta viscosidad negra es tu mala suerte y mi ayuda final.

—¡Tire esa porquería! ¿Para qué la junta en una copa?

—Ni loco. Aunque cueste creerlo, hay gente que la quisiera. Gente que al contrario tuyo todo le sale bien y quiere experimentar la dificultad.

—Hay cada uno —dijo Lando mientras mareado sacudía la cabeza.

—Basta de dilaciones. Alza esas cajas y sígueme hasta el círculo. Es hora de terminar el trabajo.

Mientras Lando, aturdido pero contento se encargaba de las cajas, Goran le ponía una tapa a la copa y con malicia en la mirada observaba lo que allí dentro ocurría. La viscosidad negra de a poco comenzaba a borbotear y en la efervescencia se tornaba grisácea. Entonces, una micro tormenta eléctrica se desató sobre la superficie del líquido. Efímeros arcos voltaicos sobre el brebaje que precedían la aparición de líneas azules que se extendían cual venas a través del gris contenido. Al ver que Lando volvía con las cajas, Goran escondió la copa, miró su reloj y sonrió ladino. Era hora de darle un final a cada destino.

CAPÍTULO 20

De vuelta en la mesa de los desafíos, Lando tomó un papel de la bolsa y lo leyó en voz alta, «Sonya».

Encorvada y de brazos caídos, con el rostro oculto bajo sus cabellos, Sonya se dirigió a paso cansino hacia la mesa de los desafíos.

—Saco un papelito por ti, ¿vale? —dijo Lando diligentemente al notar que sin manos ella no podría tomar un papel de la bolsa.

Lando revolvía con su mano dentro de la bolsa cuando a su espalda Sonya aceleró y se arrojó de cabeza contra su cuello. En ese momento aulló un lobo negro y al oírlo Lando volteó, vio venir el topetazo, se hizo a un lado y por los pelos eludió el cabezazo. Enseguida le ardió la barbilla y al tocarse encontró sangre. Sonya volvió a la carga, le clavó los muñones en el pecho y con ellos lo presionó contra la mesa. Lando extendió sus brazos para alejarla y al intentar alcanzar el rostro de Sonya, al atravesar la cortina de sus cabellos, se cortó en la mano. Sonya sacudió su cabello y así develó su endemoniada mirada y el cuchillo que llevaba entre los dientes. Ahí mismo se arqueó hacia atrás y cual catapulta arremetió con el cuchillo en punta sobre Lando.

Ante la estocada, Lando se encogió hacia la izquierda, alzó los codos y cruzó las muñecas frente a su rostro. El cuchillo bajó furioso y se clavó en la mesa justo al lado de su oreja. Sonya mordió ferozmente el cuchillo para desclavarlo, pero el cuchillo no cedía. Por el sangrado de su boca resbaló un diente y ya sin el cuchillo Sonya atacó a mordiscones. Forcejearon, cayeron al suelo, rodaron y ella quedó encima. Él la apartaba con los brazos y ella se prendía de su antebrazo a mordiscones.

—¡Descalificada! —gritó Goran y se acercó a separarlos.

Goran sujetaba a Sonya por debajo de los brazos, pero ella, que apenas le llegaba al pecho, se defendía a pisotones y cabezazos.

—Mató a mi hermano —gritó Sonya sacudiéndose entera para zafarse.

—Fue sin querer —dijo Lando apesadumbrado mientras con cuidado se alejaba de su alcance.

—Esas cosas se resuelven afuera. Aquí jugamos por las lágrimas y ahora te toca beberte ambos frascos.

—Suéltame.

—No le hagas beber las lágrimas. Ya tuvo suficiente —dijo Mónica quien se había acercado.

—Ya déjala —dijo Malena junto a Mónica y tras ella se sumaron Rinaldo y Alelí.

—Está bien. Toma —dijo Goran y empujó a Sonya hacia Mónica—. Tú eres responsable de llevarla a la mesa y de que no cause problemas.

—¡Cuando todo termine te mato! —gritó Sonya rabiosa y escupió a Lando.

—Vale Sonya. Vamos a la mesa —calmó Mónica.

—Siguiente —dijo Goran y volvió al atril ofuscado.

Lando se quedó mirando a Sonya con angustia. Quería disculparse y echarle una mano, pero ella solo quería matarlo.

Malena se paró frente a la mesa de los desafíos con los ojos clavados en Tovacelli, quien caminaba displicentemente hacia ella. Cuando Malena volteó para meter la mano en la bolsa, Tovacelli se detuvo detrás de ella para intimidarla. Le llevaba una cabeza y era el doble de ancho. Con su mera presencia, con sus rasgos primitivos y su mirada furtiva, Tovacelli presionaba a Malena para provocarla, para que reaccione y la descalifiquen al igual que a Sonya.

—A ti también te voy a dejar espástica como a la perra estúpida de tu hermana —dijo Tovacelli mirándola sádicamente desde arriba.

Tovacelli no había dejado espástica a Mónica, pero odiaba a Malena. Odiaba su cara de corderito perdido y su llanto desconsolado. Ese llanto que usó para acusarlo falsamente en el estrado, en los medios, en la comisaría y en el juzgado. Todo eso, Tovacelli lo tenía bien grabado. El alcalde era un hombre que haría cualquier cosa por ganar, sin embargo, destrozar a Malena, eso era venganza y placer.

A la sombra del imponente Tovacelli, Malena vibraba de ira. A punto de explotar, entre dientes leyó el papelito.

—Palabras en Español que comiencen con la letra P.

—Perra. Paralítica. Postrada —provocó Tovacelli de inmediato.

Rabiosa y en puntas de pie, Malena lentamente se inclinó hacia Tovacelli lista para abalanzarse; justo antes de hacerlo, cerró los ojos, apretó los puños y con mucho esfuerzo se abstuvo de escalar la situación.

—Espere alcalde, ya sabemos que el hablar se le da bien —interrumpió Goran—. Estas son las reglas. Las palabras van de a una y por turnos de cinco segundos. Quien primero se quede sin palabra pierde. Solo una palabra por familia de palabras. Nada de pera, peras, perita, peritita. Quien repite pierde. Quien no encuentra palabras pierde, y quien dice una palabra que empiece con otra letra, también pierde. El juego comienza a mi señal.

—Perder. Poder. Prisión —dijo Malena desafiando a Tovacelli con la mirada.

—Uy, cuidado. La caniche vestida de bruja barata sabe jugar —dijo Tovacelli con sorna.

—A mi señal —repitió Goran—. No vale repetir las palabras que acaban de usar para insultarse, primer turno para Malena. Tres, dos, unos, ¡ya!

—Pendenciero.

—Premio —dijo Tovacelli y se señaló a sí mismo.

—Pendejo.

—Prótesis —respondió Tovacelli mirándole las piernas.

—Pelotas —dijo Malena haciendo tijeras con los dedos alrededor de su ingle.

—Posible Prostíbulo —dijo Tovacelli mirándola de arriba a abajo.

—¡Perdiste! —celebró Malena de un salto.

—¿Qué? ¿Cómo?

—Pues así como lo acabas de hacer —dijo Malena pinchándole el pecho con el dedo y se largó a reír.

Confundido, Tovacelli miró en todas direcciones sin saber qué había ocurrido mientras Lando desde la mesa aplaudía de pie y Malena hacía una reverencia.

—Gana Malena, pierde Tovacelli por comenzar su turno con la palabra ¿qué?, que empieza con la letra Q —dictaminó Goran.

Tovacelli se tapó la cara con ambas manos, incrédulo de haber caído en un truco tan infantil. Luego observó a Malena con odio por embaucarlo con aquello que él nunca había tenido, el aspecto de la inocencia.

—Ya ve y elige tu veneno —dijo Tovacelli aún frustrado por la derrota.

—Bebamos juntos, "Ati" —dijo Malena imitando la dulzura con la que su hermana se refería a él—. Quiero ver de cerca como te explota el corazón, o mejor aún, quiero ver como quedas espástico y te arrastras mientras todos te pateamos hasta el pantano.

Tovacelli quedó tieso al pensar que justo cuando había logrado el poder y la impunidad que siempre había anhelado, podía perderlo todo de un trago.

—¿De qué te ríes? —preguntó Tovacelli rabioso—. Tienes tantas probabilidades de perder como yo.

—Yo creo en la justicia divina. Además, confío en mi habilidad especial. Por algo me llaman la reina de la kermés. No hay manera de que yo pierda en un juego como este.

Malena tomó una lágrima en cada mano y con sonrisa ladina

le entregó una a Tovacelli.

—Salud, "Ati" —dijo y bebió.

El alcalde no lo hizo y se levantaron los tres lobos pardos. Ante la amenaza, Tovacelli miró a Goran con un gesto que en su silencio gritaba: camarada, échame una mano, hoy por mi, mañana por ti. Al verlo, Goran se encogió de hombros y a regañadientes el alcalde bebió de su frasco.

Silencio. Miradas. Expectativa.

Transcurría el tiempo y afloraban los nervios. El corazón de Malena latía cada vez más rápido y más fuerte. Pasaban los segundos y Tovacelli crecía en confianza, así que la miró y señalando su cuerpo intacto le sonrió. En el peor momento y frente al peor rival, Malena juntó las manos frente a su rostro y rogó por su vida.

De repente, Tovacelli se encogió agarrándose la cabeza con ambas manos. Un alarido de dolor precedió la tormenta de enloquecidos pisotones del alcalde mientras correteaba de aquí para allá gimoteando cual fiera herida. Medio minuto después se detuvo y, al soltar su cabeza, desde sus sienes dos columnas de humeantes cenizas se elevaron en la noche. Su frondoso cabello se había achatado a los lados, sus orejas habían desaparecido.

—Peor hubiera sido perder la lengua —dijo Goran—. Ahora vas a tener que dejarte las patillas.

Disconforme e irritada, Malena volvía a su silla cuando una voz la detuvo.

—¿Dónde vas? —interrumpió Goran, mientras colocaba los dos últimos frascos sobre la mesa—. Estás en la final, a un paso de ganarlo todo.

Malena quedó congelada en el significado de esa frase y en la destellante emoción que emanaba del rostro de Lando quien la observaba desde la mesa.

Ajeno a todo, Goran espiaba pálido la copa que había dejado en el compartimiento del atril. Copa que allí escondió luego de vomitar en ella mientras los demás prestaban atención al duelo entre Malena y Tovacelli.

—Solo un poco más —murmuró Goran aferrándose al atril para no caer—. Resiste viejo cuerpo que pronto todo terminará.

Lentamente, su tembloroso cuerpo se relajaba, sus ojos se cerraban y, cuando sus fuerzas lo abandonaban, Goran se propinó un súbito y furibundo taconazo sobre el pie izquierdo. El dolor electrificó su cuerpo y tragando saliva Goran se irguió y continuó con la ceremonia. Lando llegó a la mesa y tomó a Malena de la mano listo para el desafío final.

—Muy bien, el último desafío lo definimos con un juego de ajedrez —dijo Goran, sacó un tablero del atril y lo alzó para que todos lo vieran.

—Nooooo, no joda. No van a terminar nunca —se quejó el resto de los concursantes.

—Pero no es que sean muy inteligentes —dijo Goran sorprendido.

—Por esooooo —se quejaron todos a coro.

—Muy bien. Entonces jugarán balón prisionero —dijo Goran con un balón blanco en la mano.

Los comensales se quejaron otra vez. Confundido, Goran se quedó mirando el balón.

—¿Y si lo definimos por penales? Traigan unos troncos para armar el arco, o podemos usar los tablones de las mesas —improvisaba Goran cuando Malena lo interrumpió.

—Deja, nosotros decidiremos cual tomar, ¿verdad? —dijo Malena prendida del brazo de su príncipe de los matorrales.

—Uno lo da todo pensando juegos entretenidos —refunfuñó Goran y pateó violentamente la pelota hacia el pantano—. ¡Y no! No queremos jugar a eso —agregó con una voz quisquillosa y nasal—. Desagradecidos.

Para colmo, un lobo negro capturó la pelota en el aire y se la trajo de regreso.

Mientras Goran se daba un palmazo en el rostro, Malena y Lando se pararon frente a la mesa. Sus ojos resplandecientes contemplaban los frascos y en ellos todos sus posibles destinos. Una lágrima más y, para bien o para mal, al fin se marcharían juntos a Guardia Norte para volver a empezar.

—Cuando quieran —dijo Goran apurando las cosas.

—Cuando quieras, hermosa.

—Usted primero, mi príncipe de los matorrales —dijo Malena y lo besó en la mejilla—. Te lo has ganado.

—Pero por favor, que no se diga que no soy un caballero —contestó Lando mientras los demás rodaban los ojos sumidos en hartazgo.

Malena estiró un brazo y antes de tomar el frasco miró al ahora lampiño Rinaldo y suspiró.

—¿Me vas a querer igual si se me cae el cabello?

—Claro que sí —dijo Lando y le revolvió la cabellera.

—¿Me vas a querer igual si pierdo las manos?

—Si pierdes las manos, yo te daré de comer en la boca.

Malena se sonrojó.

—Es lo más dulce que me han dicho jamás.

—Y tú, ¿vas a quererme aunque pierda las orejas, una pierna, o un ojo?

—Por supuesto.

—¡Mentira! —interrumpió Alelí desde el fondo.

Malena volteó hacia Alelí 50% sorprendida, 50% ofendida y 100% sin respuesta.

—Apuren —voceó Melisa—. Terminen con esto de una vez.

Lando volteó hacia el lobo gris y este apuntó su canina muñeca hacia la izquierda. Entonces miró a Malena negando con la cabeza, tomó el frasco de la izquierda y se lo bebió. Ella volteó hacia él intentando negar lo que dijo Alelí, pero él, sin mosquearse y con su mejor cara la interrumpió con el tono más sereno y contemplativo que se le haya oído jamás.

—No hay problema. Se que solo quieres irte a Guardia Norte y de ahí no se a donde. Se que esto para ti es solo una aventurilla y que tienes planes que no me cuentas. También se que solo me necesitas para llevarte en la moto.

—¿Qué? —preguntaba Malena y ni bien abrió la boca Lando le encajó la lágrima—. Te mereces un buen escarmiento, brujita —dijo con los ojos embelesados—, pero te quiero igual. Ya tendré quien me quiera con el chasquido del amor, pero tú siempre serás especial. Te llevo a Guardia Norte, ve con todo ese dinero que llevas en el bolso y diviértete hasta más no poder. No te preocupes por mí. Me haré un nombre y una nueva vida. Este círculo de niebla ha sido nuestro último límite. El futuro nos espera al otro lado del pantano.

Ella lo abrazó y así se quedaron por un rato esperando conocer su suerte. El rato se hizo largo y ante la curiosidad se despegaron.

—¿Nada? —preguntó Malena.

—Nada —decía Lando cuando la vio desplomarse de golpe.

Malena se convulsionaba violentamente sobre la hierba. Sus piernas y brazos levantaban polvo al golpear el suelo mientras su cintura se alzaba hasta encorvarse por completo para luego caer en seco. Durante esos agónicos segundos de espanto, Mónica corría desesperada hacia su hermana y Lando, congelado en culpa, se estremecía con la imagen de su amada gritando y sacudiéndose en el suelo. De repente Malena se detuvo y una delgada columna de humo y ceniza se elevó desde su abdomen. Agitada y en pánico, Malena se reincorporó e inmediatamente observó sus manos, luego su piel y sus piernas, tocó su cara y sus orejas. No le faltaba nada.

—¿Ha sido un órgano? —preguntó Lando.

—Siento los pulmones, así que fue un riñón —dijo Malena palpándose aliviada—, y como yo no bebo —continuaba ella sonriente y feliz pero él ya no oía nada.

Para Lando todo se detuvo entre el último latido de la vida

que nunca quiso y el primero de la que siempre había soñado. Imágenes de su pasado se arremolinaban frente a sus ojos. Su padre castigándolo por culpa de su hermano, sus compañeros de estudio obteniendo los trabajos que a él le negaban, su larga e infructuosa búsqueda de Malena, el diario fregar de baños, la mirada esquiva de los acomodados del Ferardian y Roman del brazo de su amada. Imágenes que pasaban, se oscurecían, se incendiaban y en cenizas desaparecían. En ese momento, vacío de frustraciones, Lando sonrió al ver el mundo con ojos ganadores por primera vez.

Tras el inconfundible descorchar de una botella champagne, Lando volteó y lo vio todo en cámara lenta. Vio a Goran acercarse con el champagne y las copas en una mano y las lágrimas ganadoras en la otra. Vio a los lobos alineados aullando en su honor y a miles de luciérnagas que se reunían a su alrededor para formar pequeños corazones en el aire. Corazones que brillaban, se expandían y explotaban cual fuegos artificiales. Cada imagen, cada sonido, era una ráfaga de alegría que se extendía por su piel erizando su cuerpo. Cada vello erizado, cada puntito en su piel estremecida, lo narcotizaba, lo apaciguaba y al mismo tiempo lo encendía. Lando era feliz y renacía.

Aliviados, Rinaldo, Mónica y Alelí saltaban juntos celebrando el haber sobrevivido al tortuoso derrotero. Todos habían luchado y sufrido la incertidumbre. Todos querían algo que no consiguieron y sin embargo, el no haber perdido la vida en el intento los alegraba.

—¡Felicitaciones, campeón! Bébete tus dos lágrimas y choquemos las copas —dijo Goran con supremo entusiasmo mientras le alcanzaba los frasquitos.

—¡Gracias, hombre! Mil gracias —dijo Lando incapaz de contener esa emoción que se hacía risa en su boca y llanto en sus brillantes ojos.

Exaltado y vibrante, Lando bebió ambas lágrimas de un

sorbo y suspiró en honor a los mil esfuerzos que lo habían llevado hasta allí. Luego sus verdes ojos, fulgurantes y cristalinos se posaron en Malena. El amor por el que había luchado, la llama que nunca se había extinguido, la chica con la que se fugaría de Pino Alto y que alumbraría a sus hijos. Brillaba el futuro en su sonrisa cuando Goran le dio una paternal palmada en la espalda y le puso una copa de cristal oscuro en la mano.

—¡Esto es solo el principio! Por hacer los sueños realidad, por la vida buena, ¡salud! —dijo Goran rebosante de ilusión y alzó su copa.

—¡Salud! —dijo Lando emocionado y bebió su oscura copa de un trago.

—Intercambio —dijo Goran en tono ladino e hizo lo propio.

Aunque la palabra intercambio le sonó rara, Lando observaba sus manos y se preguntaba cuánto mejoraría su cuerpo con la lágrima del super yo. ¿Se haría más alto? ¿Más fuerte? ¿Más guapo? ¿Más ágil? ¿Más inteligente? ¿Cuánto más? Las preguntas lo carcomían y él se relamía. Además, el chasquido del amor. No iba a usarlo con Malena pero moría por probarlo y saber cómo se sentía el que nadie le dijera que no.

De repente, Lando y Goran quedaron rectos como tablas mientras sus pupilas enloquecidas basculaban y rebotaban a lo largo de sus ojos. A un costado, Malena los observaba congelada sin saber cómo reaccionar.

Goran cayó seco. Tendido en el suelo, apenas se movía, solo tosía roncamente, mientras intentaba hablar pero las palabras no le salían. Al mismo tiempo, Lando desenrollaba las mangas de su camisa y abrochaba prolijamente sus puños. Su expresión había cambiado por completo.

Malena, horrorizada ante la imagen de Goran, se prendió del brazo de Lando, quien le acarició el rostro y frente a sus ojos chasqueó los dedos.

—Lando… —balbuceó Malena sonrojada con la mejilla pegada al pecho de su compañero.

—No me llames así. Mi nombre es Goran —dijo Goran, ahora en el cuerpo de Lando.

Nadie lo sabía, pero en ese juego Goran era el quinceavo; un viejo empleado de la compañía que de casualidad un día, descuidada sobre un escritorio vio la lágrima que podía darle al fin lo que quería. Una lágrima para copiar su mente e instalarla en otro cuerpo.

—Nos ha timado a todos —gritó Alelí y corrió hacia Goran. Rinaldo se sumó inmediatamente.

—No —dijo Goran oscilando su dedo índice frente a su rostro.

Ante el engaño, con los ojos llenos de ira, Roman avanzó en su silla de ruedas dispuesto a desquitarse por la pierna, la golpiza, la hospitalización y la mar de dolores. Melisa gateó ciega dispuesta a vengar sus ojos, pero cuando se acercaron, amenazantes los lobos les mostraron los dientes y cerraron filas frente a Goran.

—No les he mentido, el chasquido del amor funciona, lo acaban de ver. Lando ganó, le entregué su premio y se bebió sus dos lágrimas. Terminó el juego, festejamos y luego intercambié cuerpos con él. Todo limpio y legal —aclaró Goran.

Alelí, Rinaldo, Mónica, Roman y Sonya destilaban odio en la mirada mientras a puño cerrado y garganta inflamada contenían su deseo de matar.

—Pueden odiarme, o atacarme si vencen a los lobos, o pueden ir a por la caja oculta en el atril donde, entre las lágrimas que quedaron, está la cura de todos los males. Como siempre, es su elección.

Roman aceleró en su silla hacia el atril, Melisa ciega siguió el sonido de sus ruedas y la abogada rubia paralítica se arrastró tras ella. Horrorizada por la barbarie y por su propia impotencia, a Alelí le temblaba el pulso mientras hacía lo único que podía hacer, grabar un testimonio contra los culpables de semejante atrocidad.

—No te saldrás con la tuya —gritó Alelí furiosa al ver a Goran marcharse impune en el cuerpo de Lando con Malena del brazo.

Desde el suelo, pisoteado e ignorado, Lando, en el maltrecho viejo cuerpo de Goran, estiraba una mano hacia la caja.

—Resiste Malena. Como sea recuperaré mi cuerpo y te salvaré —dijo Lando en su nueva y carrasposa voz.

Con Malena del brazo y el mentón apuntando al cielo, Goran se dirigía orgulloso hacia la niebla cuando oyó las amenazas de Alelí.

—Esto no termina aquí, infeliz. Lo tengo todo grabado.

—Cuidado con lo que reportas —advirtió Goran—. La compañía lo ve todo. Cuando digas algo que no les guste vendrán a por ti —dijo Goran y volteó hacia la neblina.

—No puedes dejarnos así —dijo Alelí a quien cuando intentó acercarse los lobos no se lo permitieron.

Su espalda se esfumaba en la niebla cuando Goran alzó su brazo izquierdo y soltó una revelación.

—Pronto llegará el equipo de limpieza. Los lobos no los dejarán salir. Hagan cuanto puedan por sobrevivir.

Malena y Goran abandonaban el pantano. En los bordes del círculo de niebla, Alelí y Mónica buscaban una salida, mientras a un lado del atril los mutilados luchaban por la cura de todos sus males.

De la ardua batalla solo quedaban un ganador, tres cadáveres en el pantano, tres heridos leves y ocho desesperados luchando por las falsas sobras de un juego que ya había terminado. Amor, dinero, o estatus, en Pino Alto, Guardia Norte o en el pueblo de al lado, en el todos contra todos por realizar nuestros deseos siempre hay alguien que obtiene lo que quiere, alguien que se beneficia y una pila de arruinados.

CAPÍTULO FINAL

El juego había terminado, no así el experimento, ni la esperanza de quienes no se daban por vencidos. Una esperanza que Goran dejó en una caja que un viejo lobo llevaba en su hocico hacia el asador. Una caja con once lágrimas dañinas y una promesa, la cura de todos los males.

Los ojos de Roman brillaban de ilusión mientras sus briosas manos giraban las ruedas de su silla. Cuando el lobo soltó la caja frente a él, el vítreo tintineo de los frascos estremeció a Melisa quien ciega se abalanzó hacia el ruido. En su impulso se llevó a Roman por delante, volcó su silla de ruedas y le cayó encima. Roman fruncía el rostro mientras luchaba por escurrirse entre las torpes e hiperactivas piernas de Melisa quien, enredada entre Roman y su silla, tanteaba y forcejeaba en busca de recobrar la vertical. A su lado, la abogada rubia que vino con Tovacelli reptaba lentamente hacia su lágrima salvadora.

Desesperados, Melisa y Roman estiraron las manos hacia la caja y forcejeando rodaron por el suelo. Al rodar pasaron por encima de la rubia quien por la presión sobre su cabeza se cortó la lengua con los dientes. Ojos azules enrojecidos de dolor, boca sangrante y cuerpo minusválido no detenían a la rubia en su tortuoso arrastrarse hacia su anhelada salvación

Sonya no buscaba un milagro, no luchaba por una segunda oportunidad ni por enmendar sus errores, sino que penaba sentada, ausente e inmóvil, a un lado de la caja. Sus desahuciados ojos se enfocaban en un punto imaginario tras la niebla, el lugar donde había caído su hermano.

Sentado a la mesa, vaso de vino en mano, Tovacelli observaba esa caja con mil dudas y ninguna certeza. Por su parte, luego de haber visto como Goran se la había jugado a Lando, Alelí ya no quería saber nada con las lágrimas.

Roman y Melisa tiraron de la caja hasta romperla y al hacerlo, doce frasquitos cayeron al suelo. Roman, rápidamente capturó un frasquito en cada mano y de inmediato se dispuso a abrir el primero. Melisa, tanteó el suelo con ambas manos y barrió el césped a su alrededor hasta que encontró tres frasquitos y de un trago se los bebió a la vez. Roman recogió los siete frascos restantes y cuando se los llevaba al bolsillo, Mónica se paró frente a él y señaló hacia la rubia quien desde el ras del suelo rogaba misericordia con la mirada. Con reticencia, Roman abrió un puño donde tenía tres lágrimas, Mónica tomó una de ellas y se arrodilló frente a la rubia. No hacía falta decir nada. La rubia frunció la cara, su cuerpo tembló y se sacudió hasta que al fin pudo voltearse. Boca arriba, respiró agitada y al abrir los ojos mostró un último atisbo de esperanza. Mónica le acarició la cabeza, le quitó el pasto del rostro y le sonrió. La joven abogada abrió su sangrante boca en grande, ansiosa por recibir su salvación. Mónica vertió la lágrima en su boca, la besó en la frente y sin mirarla se alejó.

La manada de lobos desaparecía a paso lento tras la niebla y las luciérnagas abandonaban el claro mientras el paso de firmes botas a la carrera retumbaba cada vez más cerca.

Lando luchaba por controlar su nuevo viejo cuerpo. Con esfuerzo apoyó las manos en el suelo e intentó levantarse. No pudo. Tampoco se rindió. A fuerza de codo y antebrazos, se arrastró hacia la niebla. Al hacerlo, punzantes electrocuciones que nacían de sus vértebras repercutían en sus avejentadas carnes quemándolo por dentro. Su vitalidad se desvanecía, pero

Lando se resistía a desfallecer y caer en manos de la policía. No podía rendirse. Aún tenía algo por hacer. Un deseo que lo impulsaba y lo encendía. Había trabajado tan duro para cumplir sus sueños que de ningún modo podía renunciar a ellos. Tenía que rescatar a Malena y recuperar su cuerpo para vivir esa vida de ensueño que su miseria siempre le había negado.

El inminente arribo de la milicia aterró a Alelí, quien basada en las estrellas dibujó una cruz en la tierra con un punto cardinal en cada vértice. Las botas retumbaban cada vez más fuerte y, cual poseída Alelí observaba, pensaba y dibujaba lagunas, formaciones rocosas y todo lo que recordaba del pantano. Aun así, Alelí no se ubicaba y la salida no se revelaba.

Inalterable, Rinaldo comía solo en la mesa cuando un insistente susurro lo llamó desde la niebla. «Rinaldo, Rinaaaaldo», susurraba el viento y Rinaldo sonrió envuelto en su brisa. «Rinaldo, ya deja de comer como un cerdo y ven hacia el pañuelo».
—¿Eh?— dijo Rinaldo y volteó sorprendido ante el exceso de confianza del viento.
Al voltear notó un pañuelo que se agitaba en la punta de una rama que sobresalía de la niebla. Entonces, Rinaldo se acercó con curiosidad al susurrante pañuelo cuya voz le sonaba similar a la del doctor.
—¿Doc?
—Si.
—¿Qué pasa?
—Llama a Mónica.
—¿Esta es la salida?
—Si.
—Que bueno, me subo porque ahí vienen los militares. Menos mal que no vino, doctor, esto es una catástrofe.
—No subas ahora. La rama no va a aguantar y si se rompe nos caemos los dos al pantano. Yo vuelvo al tronco, tú ve y busca a Mónica y a Melisa. Suban de a uno con un minuto de diferencia.

—Melisa no va a poder. Se bebió unas lágrimas y perdió el otro ojo. Veo que acaba de perder los brazos también y sigue temblando, así que ha de seguir perdiendo.

—Qué calamidad…

—Mónica está bien, voy a llamarla. Usted vuelva al tronco.

—Apresúrate que están cerca.

No todos buscaban la lágrima salvadora o la salida. Abstraída y ausente, Sonya se daba por vencida y caminaba sola y descolorida hacia la niebla. Mónica tiraba con fuerza de su brazo, pero Sonya, con la mirada perdida, se empecinaba en cruzar la niebla hacia el mismo lugar donde había desaparecido su hermano. Rinaldo, apresurado por la cercanía de las botas, fue hacia Mónica y le explicó la situación. Mónica no entraba en razones, así que Rinaldo se sumó a la cinchada y tiró fuerte de Sonya hasta que todos cayeron al suelo.

Alelí vio el pañuelo y fue hacia él. Lo tocó y siguió la rama entre la niebla hasta que su pie derecho entró en el fango e inmediatamente retrocedió. Entonces oyó la voz del doctor, «Mónica, cuenta hasta treinta, luego sube a la rama y síguela hasta el tronco». Alelí no negó ser Mónica, contó hasta treinta, trepó y de a poco avanzó por la rama.

En cuatro patas, Sonya tiraba hacia adelante, Mónica, la sujetaba de un tobillo y pese a los talonazos le impedía avanzar. Rinaldo insistió con que venía la milicia y era mejor dejar a Sonya y apresurarse. Mónica miró hacia el pañuelo y preguntó: «¿ese pañuelo?». Rinaldo asintió y Mónica le dio el vial con la lágrima que había recolectado.

—Llévasela al doctor. Trepa tú primero. Yo llevaré a Sonya —dijo Mónica decidida.

Rinaldo guardó el vial en un bolsillo de su pantalón, corrió directo al asador, se metió la última pata de pollo en el bolsillo de la camisa, de ahí a la rama y se trepó.

Mónica, magullada a talonazos se arrojó encima de Sonya, la

dominó, la cargó en sus hombros y cuando iba hacia el pañuelo una intensa luz en su rostro la cegó. Al abrir los ojos estaba rodeada de cinco uniformados equipados con visores, chalecos y metralletas pero sin insignia o identificación alguna.

—¿Muertos? —preguntó un soldado sin visor, alto, ancho y moreno que no le quitaba la vista a la tablet que llevaba en su diestra.

—Seis muertos. Corrector, señor —contestó un soldado que cargaba en su espalda dos enormes tubos metálicos.

—¿Seis? —preguntó Corrector aniquilando al soldado con la mirada.

—Tres cadáveres allí —dijo el soldado y apuntó hacia los consumidos restos de Melisa, de la abogada rubia y de Roman—. Otros dos que hay que sacar del pantano allí y allí —dijo y apuntó hacia los lugares del pantano donde habían caído la morena que vino con Tovacelli y el ex jefe de Rinaldo—, y uno más allá —dijo apuntando hacia donde los lobos dejaron los restos de Alberto, el muchacho al que le faltaba una pierna.

—Falta uno. El informe dice siete muertos —dijo Corrector.

—Jefe, le va a encantar esto —dijo un tercer soldado de camisa arremangada cuyo visor no dejaba ver sus ojos.

—¿Qué pasa?

—Observe usted mismo, Corrector, señor —dijo el soldado y presionó una combinación de botones en su visor.

Una imagen de fondo negro como ecografía apareció en la tablet de Corrector. Débiles trazos blancos delineaban un cuerpo humano cuyo calor de a poco se extinguía. Un cuerpo inmóvil excepto por el tenue latir de su corazón. Un hombre sumergido en el pantano que en puntas de pie estiraba el cuello para apenas asomar la nariz fuera del fango y así sobrevivir.

—Halcón, Descartable —llamó enérgico Corrector y dos nuevos soldados entraron desde la niebla.

—Preparen un lazo de alambre y una camilla. Sincronicen su visor con la señal número tres y saquen a ese hombre del pantano antes de que empeore su situación.

—Entendido, Corrector, señor.

—¿Empeore? ¿Cómo puede empeorar la cosa para él? —preguntó el soldado de los tubos metálicos en la espalda.

—Hipotermia. Además, ¿le ha entrado alguna vez una alimaña por la nariz? ¿Ha sentido las patas de un insecto merodear su garganta?

El soldado tragó saliva de solo pensarlo.

—Su respiración es un flujo de calor sobre una superficie inerte. Un imán para los insectos. Ustedes tres, cuiden que estas dos no escapen —dijo Corrector señalando a Mónica y Sonya —. Buen trabajo, Sargento —dijo y posó su mano sobre el hombro de quien había detectado a Leonardo—. ¿Quién es ese hombre? ¿Dónde ha entrenado supervivencia?, y ¿cuándo podemos sumarlo al equipo?

—Leonardo Zorden, Correc—decía Sargento cuando un grito lo interrumpió.

—¿Mi hermano está vivo? —gritó Sonya forcejeando con un soldado que le interrumpía el paso.

Los gritos y pataleos de Sonya irritaron al soldado y cuando este iba a darle un culatazo, Corrector volteó hacia ella.

—Su hermano tiene talento, señorita Zorden. Esos dos hombres cruzaron la niebla para sacarlo del pantano. Su berrinche obstaculiza la operación. Si se compromete a cerrar la boca y no interferir con el rescate, le permito observarlo en mi pantalla —dijo Corrector en tono serio.

Sonya, cesó el forcejeo y asintió. El soldado la dejó ir y ella fue directo al lado de Corrector.

—Leonardo Zorden, Corrector, señor. Dependiente de un mercadito. Ex Boy Scout, Cinta negra en TaeKwonDo —informó un soldado.

—Es un desperdicio que sea un civil. Los hombres fuertes son siempre bienvenidos en mi equipo.

—Él aplicó para el ejército, señor —interrumpió Sonya tímidamente.

—Continúe.

—No le permitieron ingresar porque es corto de vista.

—Tenemos visores hoy en día —dijo Corrector mientras seguía

de cerca las acciones desde su pantalla—. Bien pescado Halcón. No tires de él hasta asegurar el alambre bajo sus axilas.

Al ver que sus soldados de a poco sacaban a Leonardo, Corrector sonrió satisfecho y se desentendió de la escena. Frente a él, Sonya lo miró agitando ansiosamente los antebrazos.

—Espera a que mis hombres realicen los primeros auxilios. Luego puedes acercarte. No lo muevas. No obstruyas su respiración y no aprietes ni presiones su cuerpo hasta que veas que al menos puede sentarse.

Sonya asintió enérgicamente y con suma seriedad. Por dentro brincaba de contenta porque ese hombre imponente se preocupara por hermano y lo reconociera como nadie había hecho jamás.

—Resiste Leo, tu gente al fin te ha encontrado —murmuró aliviada mientras observaba a dos soldados traerlo cuidadosamente de vuelta.

—No podemos reclutarlo, señor. Ha bebido una lágrima —dijo Sargento.

—Entiendo. Me encargaré —dijo Corrector y volteó a ver como iba el rescate.

Los soldados dejaron a Leonardo a un lado del atril. Allí yació tieso. Su cuerpo estaba completamente cubierto en lodo excepto por un pequeño óvalo que rodeaba su nariz. Sonya se le acercó y súbitamente Leonardo abrió los ojos y a boca de jarro jadeó ahogado en busca de aire.

—Déjenlo ahí. Necesita recuperarse. Ha estado envuelto en fango, inmóvil y apenas respirando por quién sabe cuánto. Buen soldado —dijo Corrector—. Le llevará unos minutos recuperar temperatura y movimiento.

Los dos soldados dejaron a Leonardo y al trote volvieron a cruzar la niebla allí por donde cayeron la morena y el ex jefe de Rinaldo.

Por su parte, Mónica fijó su mirada en el pañuelo en la rama y cuando sigilosamente intentaba escurrirse hacia él, Corrector mismo la detuvo del brazo y sin dejar de mirar su tablet reportó.

—Mónica Lenaris, usted ha bebido la cura de todos los males al precio de servidumbre hacia la compañía. Designación: Recursos Humanos Guardia Norte. Súbanla al helicóptero junto con los hermanos Zorden, designación: instalación cero cero cinco. ¿Copiado, libélula? —dijo Corrector con el dedo índice sobre su diminuto audífono.

Tras la orden, sobre ellos se posó un helicóptero a unos diez metros de altura. El batir de sus aspas alborotaba la niebla, levantaba polvareda y esparcía el espeso hedor del pantano. Del helicóptero colgaba una caja de madera grande como para un gorila. Mónica forcejeaba contra la sujeción de un soldado mientras otro le colocaba un arnés en forma de silla con gancho. Una vez asegurada, los soldados desengancharon la caja y engancharon a Mónica a la soga que pendía del helicóptero.

Al oír los gritos de Mónica, el doctor asomó la cabeza por la rama y al verla patalear en el aire sacó su arma. Cuando pensaba en enfrentarse a los soldados, Alelí le susurró desde el tronco.

—Tengo el helicóptero. Su matrícula y modelo. No podemos hacer nada contra los soldados, pero podemos ir a donde aterrice el helicóptero.

El doctor, observaba agazapado y con rabia en el rostro como el helicóptero se elevaba escapando del alcance de su arma.

—¡Soy periodista! Doctor. Tengo acceso al registro de tránsito aéreo.

Nada.

—Discúlpame por hacerme pasar por Mónica, estaba desesperada. Ella ya está en el helicóptero. No hay nada que hacer.

En silencio, exasperado y afligido a la vez, el doctor observó a los soldados subir a Mónica al helicóptero primero y a los hermanos Sonya y Leonardo después. Luego, los soldados que quedaban en tierra abrieron la caja grande de madera y de allí sacaron los cadáveres del CEO del Ferardian, del fiscal, del comisario, de la ex alcaldesa y de una docena de cuerpos arruinados por las lágrimas; dejaron esos cadáveres uno sobre otro en la hierba y fueron a por el resto tras la niebla. Desde el pantano arrastraron los cadáveres cubiertos de fango del ex jefe de Rinaldo, de la acompañante morena de Tovacelli y de Alberto y los echaron a la pila sobre el resto. Por último recogieron los mutilados cuerpos de Roman, Melisa y la rubia para también arrojarlos a la pila.

Esa pila de cadáveres fue el final del camino para aquellos que lo dieron todo por negar su destino. No así para Tovacelli, quien supervisaba las acciones mientras bebía solo en la mesa. Bebía y se regodeaba al observar los restos de sus enemigos. Allí, feliz, sin soltar su vaso de vino, el alcalde se levantó de su silla y se dirigió hacia el líder del equipo de limpieza.

—¡Gran trabajo deshaciéndose de la chusma! Es un placer ver como la justicia llega para todos —dijo Tovacelli con su mano posada sobre el hombro de Corrector.

—Señor alcalde, en nombre de la compañía lo liberó de su contrato —dijo Corrector y súbitamente desenfundó su pistola y le disparó en la sien—. Llévense a este también.

Con Tovacelli al tope de la pila de cadáveres, el soldado con los tubos metálicos en la espalda extendió una delgada manguera metálica en cuya punta se encendió una pequeña llama.

—Incinerador listo. A su orden, Corrector, señor.

—Pyromani, quémalos de una vez.

—Corrector, Señor. No hemos completado la misión. Aún quedan —decía Halcón cuando Corrector con su dedo índice lo interrumpió.

—Entendido —asintió Corrector con la mano izquierda sobre su oído—. Nuevas órdenes. He de llevar inmediatamente a Mónica Lenaris con el jefe. Dispérsense y repórtense en el punto de encuentro a medianoche. Corrector fuera.

Los soldados asintieron y al trote desaparecieron tras la niebla. Corrector se enganchó al arnés, dio la señal y el helicóptero se elevó con rumbo a Guardia Norte.

No quedaba nadie con vida en el pantano excepto por Pyromani, el soldado de los tubos metálicos en la espalda, la manguera y la llama.

—Esto es lo que pasa cuando buscas el camino fácil —dijo Pyromani mirando la pila de cadáveres mientras negaba lentamente con la cabeza—. Esto es lo que le espera a quien se esfuerza en no esforzarse —dijo y sacó el móvil, le tomó varias fotos a los cadáveres, se puso los auriculares y seleccionó una lista de reproducción.

A solas con los difuntos, al ritmo de su canción favorita, Pyromani se quitó bruscamente el chaleco protector y meneándose lentamente se quitó la camisa. Luego avanzó hacia la pila de cadáveres estirando al máximo las piernas mientras, con el móvil como micrófono, cantaba revoleando en círculos su brazo izquierdo. Cantaba y bailaba alrededor de los muertos mientras los azotaba con un largo y delgado haz de fuego blanco que instantáneamente convertía carne y huesos en cenizas. Las cenizas se desprendían de los crocantes cuerpos al rojo vivo y flotaban desperdigados en el viento. En minutos, solo quedaba un modesto montículo de brasas, una columna de denso humo negro, y un pestilente olor a quemado.

Finalizado su show, Pyromani apagó su equipo, hizo circular reverencia hacia su difunta audiencia y aplaudiendo con los brazos en alto abandonó el círculo de niebla.

Tras la niebla, afligido por no haber podido salvar a su amiga, el doctor también se lamentaba por Melisa y por aquellos que en su afán de rebelarse contra su circunstancia habían perdido la vida. «¿Si no pude salvar a Mónica, para qué demonios he venido?», se preguntaba el doctor sentado en el tronco del árbol observando con tristeza el vial con la muestra que Rinaldo le había entregado. Sin embargo, Mónica estaba viva y su esfuerzo había valido la pena. Entonces la pregunta era: ¿a dónde se la han llevado y por qué?

Acodado entre arbustos veinticinco metros niebla adentro, cansado y dolorido, Lando se preguntaba por qué los lobos lo habían arrastrado hasta allí. Las palabras de aquel soldado aún retumbaban en su mente, la compañía, Guardia Norte, e instalación cero cero cinco. Sus ojos se cerraban, la fuerza lo abandonaba y sin embargo Lando se aferraba al único camino que le quedaba, ir a por Goran, recuperar su cuerpo y rescatar ese amor por el que tanto había luchado. Aunque su nuevo viejo cuerpo no lo ayudara, no podía terminar su vida habiendo hecho tanto para conseguir nada.

—Malena, aún no me rindo. Te encontraré . . . —dijo Lando y con el último resquicio abierto de sus ojos miró la luna y cayó dormido.

Fin.